乡愁笔记

我的游泳塘

吴乡 著

新星出版社
NEW STAR PRESS

引 言

鄱阳湖盆地吸纳着赣江、信江、抚河、饶河、修水丰沛的水流，北接长江，形成了巨大的鄱阳湖水系，鄱阳湖成为中国第一大淡水湖，造就了地域辽阔的鄱阳湖平原。这里水网稠密，河湖纵横，良田美畴，沃野千里，滋养着沿岸及周边地区数千万人民，自古以来就是鱼米之乡和人文荟萃之地。唐代诗人王勃誉之为"物华天宝，人杰地灵"之邦。

我有幸与这里美丽的乡村结缘，与勤劳质朴的人们结识，与古老的农业文明邂逅。四十多年过去了，那里的山水，那里的人们，那里的生活，一直萦绕在心间，历久弥新。那渐行渐远的农业文明和文化传统依然历历在目，那些平凡而渐为人们淡忘的美好未曾片刻忘怀。多想重温那份原本的快乐，重拾那份朴实的诗意！

我就像守望一片荷塘的孩童,守望着那段难忘的时光。在我孤独的时候,在我困惑的时候,在我追忆亲人的时候,那美丽的田园,天真的伙伴,自然的生活,和美的家庭,就像一朵朵莲花,在心中绽放,任我采撷,赐我芬芳,给我梦想。

目　录

启　程 / 1

老　屋 / 5

家　园 / 10

伙　伴 / 15

邻　居 / 21

村　庄 / 25

上　学 / 29

劳动课 / 33

洪　水 / 38

诊　所 / 41

养　蚕 / 46

塘坝头 / 49

八　哥 / 54

小　船 / 58

水　井 / 62

端　午 / 66

苦　夏 / 69

耕　作 / 73

大锅饭 / 79

水　塘 / 83

雨　天 / 88

捕　鱼 / 94

青　蛙 / 99

买豆腐 / 104

唐　诗 / 111	落　日 / 161
苦　槠 / 118	月　夜 / 163
古　樟 / 123	飞　碟 / 169
榨油房 / 127	荷　花 / 173
油墩街 / 131	大　雁 / 178
看电影 / 137	腊　月 / 185
收音机 / 142	春　节 / 192
自行车 / 146	别　离 / 197
石钟山 / 152	
庐　山 / 156	后　记 / 203

启　程

1969年春天，全家随父亲下放到江西省波阳县（现鄱阳县）油墩街公社西湖大队游沭塘村。父亲和哥哥坐搬家的汽车到波阳县城，母亲带着我、奶奶和襁褓中的弟弟从南昌坐船到波阳县城与父亲汇合，再乘车到油墩街。

早晨五六点起床，天很黑，冒着江南春季冷冷的细雨，到码头上船。船舱黑黑的，嘈杂着坐满了人，多数是我们以前从未接触过的波阳人，也听不懂他们的话，只是好奇地看着他们，平日开朗的母亲脸上没有一点笑容，就像今日的雨天。

我什么都不懂，只知道全家要离开城市，去到遥远的农村。开船了，我迫不及待地要去舱外，看看宽阔的江面，母亲说现在天黑，等天亮再出去。

一觉醒来，船已驶入了宽阔的鄱阳湖。第一眼看见鄱阳湖，就让我吃了一惊——乌云低低地压在湖面上，湖水在乌云的反照下，翻着汹涌的墨浪，无边无际地在眼前展开。我打了个冷战，迅速跑回舱内，坐在母亲身边，一言不发。母亲问怎么了，我指指窗外，什么也没说。母亲看了看黑暗的天空，说不要怕，我带你去。跟着母亲，我恐惧地再次来到甲板上，母亲说抬起头来，乌云有什么可怕的。我真的不敢看，天是那么黑，浪是那么恶，一条船在天地之间飘摇着，挣扎着。站了一会儿，母亲说要下雨了，进去吧。

雨停了，天亮了许多，母亲说我们出去看看。甲板上站了很多人，大家似乎都在庆幸刚才的黑暗总算过去了，天际露出了一道亮线，整个天空仍然有大朵的乌云在奔跑，浪花已经不是墨色了，湖面亮了许多。渐渐地，太阳出来了，驱散了头顶的乌云，湖面上波光粼粼，金色一片。远处白帆点点，近处江鸥在水面上追逐、盘旋，有几条小舟上有渔民正在撒网，机动船从它们身旁驶过时，大浪把它们掀得左右摇晃，渔民们则毫无反应，继续撒网收网，潇洒自如。船那边突然有人喊:"江猪!"大家迅速跑到甲板的另一头,只见湖面上有一群似鱼非鱼的动物在水中整齐地跳跃翻滚,一会儿安静下来,只看见背,一会儿又翻腾起来,整个形态都能看得清清楚楚,像个海豚。我的心一下就开朗起来,母亲也一样,襁褓中的弟弟似乎也露出了笑容,所有的人都在欢呼。很多年以后,我才知道,它的学名叫江豚。那时鄱阳湖里有很多江豚,那一路我们就看见很多次。如今,它已经成了保护动物,濒临灭绝。

  江豚一直吸引我贪婪地注视着它们,母亲叫我回舱我也没应。不知何时,天空暗了下来,等我抬眼望去的时候,乌云和黑水似乎紧紧地把世界包围了起来,甲板上只有我一个人,风很大,浪也很大,我紧紧地抓住栏杆,不敢移动,死死地盯着远方。黑暗一阵紧似一阵地袭来,我感觉自己很快就要被黑暗吞噬了。忽然,一线血色红光在天际线上穿透而来,乌云和黑水之间的天际被殷红色的光撕开了一条缝,血色的太阳,在这浓浓的乌云和黑色湖面间勃然而出,像一只红色的眼睛注视着这个世界,那红光侵染着乌云和湖面,然后慢慢地沉沉地落下,很久,那天际线里一直泛着与黑暗融为一体的暗红色的光晕。

忽儿是金光闪闪充满生机的鄱阳湖,忽儿又是乌云翻滚恶浪滔天的鄱阳湖……那个巨大的暗红色的沉甸甸的太阳,那道血色的天际线,大气磅礴,变幻莫测,永远地定格在我脑海里。

神奇的鄱阳湖!

老 屋

在波阳县城住了一夜，第二天坐长途客车去油墩街公社。父亲和哥哥坐的搬家车已经在那里等着了，我们一家人坐上搬家的卡车向游沭塘——我们即将开始新生活的村庄——出发。从油墩街到游沭塘大概有五里地，中间要经过一片树林，一个村庄（好像叫严家村）、一个里亭（据说汉代前的中国农村就有一里一亭的设施）、一大片水塘，田地和山丘荒地，这里完全是泥巴路，加上春季鄱阳湖平原雨水很多，道路十分泥泞，车轮不时陷进深深的泥中。这一段路我们走了很长时间。

春季江南农村正是一片翠绿之时，路两边水稻秧苗嫩绿可爱，田里劳作的农民看见汽车过来，都直起身来看着。那片树林很密很大，父亲说春夏季经常有蛇在路上歇着。过了树林走不远就是严家村。路从村边过，几棵大樟树环绕着村边的水塘，粗大的枝干，硕大的树冠，沉稳而又慈祥。这个村有一位下放干部老杨，去年才来，他在村边等着我们，老杨领着我们全家到他住的地方小坐一会儿，喝了茶。老杨是上海人，一个人来的，他笑容可掬，牙齿地包天。一辆蓝色永久牌自行车擦得干干净净放在屋里，格外显眼。哥哥很喜欢，左摸右看。

从老杨家出来，还有三里路要走，一眼望去，连片的全是农田和大小水塘，远远地，一个里亭在灰色的天空下十分醒目。到了里亭处，左右两条路，父亲说左边一条是通向西湖村的，大队部所在地，右边一条路，通往游沭塘村。里亭十分简单，四个砖砌的柱子顶着一个瓦屋顶，有一排条石供人休息，可以用来歇脚，可以躲雨，也可以计算里程。

继续走二里路就到游沭塘，这二里路，右边是丘陵、旱地，左边是水田、水塘和一些小山岗。丘陵上竹子和树木郁郁葱葱，灌木也十分茂密，各种花草布满了山岗，最显眼的是红色杜鹃，雨洗之后十分好看。

到了一个大水塘边，车停了下来，水塘中间有一条堤坝通往游沭塘村。堤坝似乎自古就有，因为堤上有两排高大的枫树，坝两边乔木灌木也十分茂密，堤坝上的石子路不宽，刚刚能过一辆卡车。

一家人都下了车，在父亲的带领下，走上这个堤坝。堤坝两边高大的枫树，显得十分庄严而优美，有一种神圣的感觉。母亲走得很慢，不时望着堤坝两边的水塘和堤坝那头烟雨中的村庄，我不知道她此时什么感觉。望着丘陵红土，绿草大树，远近水田中耕作的人和牛，看不到边的水塘，朦胧中似下非下的毛毛雨，我觉得很美。父亲说这水塘可以通到鄱阳湖。堤坝显得很长，通向我们即将落脚的村庄，也通向我们的未来生活。

走过堤坝到了村口，再沿着一条村后的小路，走十分钟左右，便到了家，一个陌生的家！一栋破败的老屋。老屋是一栋独立的砖木草结合的房子。一个传统的江南农村房屋结构，四梁八柱，屋中间一个厅堂，两边是厢房，后面是厨房，屋前有一个大场圃。大门右边是土砖墙，左边墙下半截是木栅栏上面糊泥巴，上半截是草帘，屋顶是灰瓦，后墙是土砖。

　　场圃上已站满了村民，看着我们都真诚而憨厚地笑着，父亲因为提前来过，都认识，也报以笑容，母亲和奶奶满脸愁容，一直犹豫地站在屋外面。大人们的感受我到了十几年后才慢慢体会到。当时我只有好奇感，几只土狗在人群中溜来溜去，一群小孩直直地看着我和哥哥弟弟，最让我惊讶的，是所有的男人和男孩，在这冰冷的初春，都打着赤脚，且自如地走来走去。大家帮着卸完家具，寒暄一阵各自回了，奶奶呆呆地坐在堆满家什的厅堂里，一言不发。

　　乡村生活就这样开始了。

家　园

　　这天晚上，家里没有生火，村里几乎每家都给我们送来了米团和做好的蔬菜，络绎不绝，一直到晚上八点还有人送东西来。这是当地的习俗，村里有新人搬来，各家各户都会送吃的，主要是米团和米粑。这些东西在那个年代都是好东西，不常有。两三天的时间才能做出这些东西来，尤其是带馅儿的米团，馅儿是一小段煮熟的肥肠和菜，是上品。我记得家中的桌上凳上大盆小盆里都摆满了一碗碗老乡送来的吃食，一连吃了三天都没吃完。

　　第二天雨停了，生产队长带来了十几个壮汉，有人帮忙挑水，有人帮忙在村后选菜地。我跟着父亲和哥哥同他们一群人一起来到一块荒地，有一百多平米大，五六个汉子抢着锄头，一会儿就把荒地翻成了菜园，然后用竹木扎成篱笆，一块菜园就开垦好了。我摸着篱笆左看看右看看，那种感觉非常神奇。一会儿母亲和奶奶抱着弟弟也来了，请队长他们回到家里，一人一碗热腾腾的蛋汤和米粑，大家吃得热乎乎的，队长说顺便把屋子漏缝的墙再补一补，我不知道几个人从哪儿挑来几担黄泥，和上水，用赤脚搅和着，然后几个人熟练地往墙上抹，早晨起床时房子里墙面还透着光，这会儿一点也看不见了。下午四点多，母亲又招呼大家吃了一些蛋汤和米粑，父亲给他们递了烟，好像是飞马牌。一个四岁的小男孩凑过来也要了一根，父亲看着他爸，他爸说孩子会抽，于是父亲也给了一支，小孩立刻点火抽了起来，动作十分老练，我们都笑了。

乡村生活第二天就这么过去了，收获不小，开垦了菜园，修缮了房子，认识了许多人。

第三天，天依然无雨，一大早，队长又带了几个人，说今天劈柴换草帘。兵分两路，一路人马搬来一大堆木头，锯断劈开，一堆大小整齐的柴火就劈好了，搬进了家里厨房码放好，把半个厨房堆得满满的；另一路人马，将屋上的旧草帘换下，换上新草帘。虽然还是草帘，感觉像是刚刚装修过的新房。中午饭后，大家都回了，我们一家人也坐下歇着，东看看西望望，父母在看着这家还缺什么，油盐酱醋都要买，其他的似乎都有了。正聊着，一位穿着干净的妇女带着两个男孩两个女孩进了门来，他们拿着一堆东西，有扁担、锄头、铲子、水桶、竹篮子、竹筛子等一大堆农家用具，全是新的，父亲上前招呼让座，他们寒暄一阵就走了，这家人个个干干净净。父亲说，这是公社主任一家人。抽烟孩子的父亲也拿了两副渔具来，一个操网一个筝网，嘻嘻哈哈的坐了一会儿就走了，我们正在琢磨这东西怎么用，生产队长带着两个男孩边喊边往屋里走，队长搬着一个石磨盘，两个男孩抬着石磨底，一歪一歪地进了门。队长说，这是我两个儿子，一个叫有明，一个叫有志，就住斜对面。我一看这俩，一个右边太阳穴上一块疤，一个剃着青色秃瓢，赤着脚在地上抠着。

母亲说看来什么都有了，明天买油买盐去。

第四天，奶奶留在家里照看弟弟，父亲母亲带着我和哥哥，让队长的儿子有明有志带路，我们去西湖村买油买盐，那是全大队唯一的小卖部。有志八岁有明五岁，一路上兴高采烈又蹦又跳，路似乎不很远，经过五房村，再过一大片水塘和堤坝。这里的水塘与河道密密麻麻，所谓的水塘按现在的标准，一个个都是很大的湖。过了水塘便上了一条堤坝，远远的一个丘陵上，坐落着一个村庄，那就是西湖村，全村人都姓计，当地人叫它山上计家。小卖部门前是一条大土路，通往公社。村里有很多很阔气高大的灰砖房，都是徽派建筑。父亲说熟悉熟悉环境，到村里转转。我们一家人沿着整齐的青石板路往里走，村子很大，房子也很大，也许过去是大户人家的。我们去了大队部，大队长是个转业军人，当过连长。他依然穿一身军服、戴着军帽，只是没有领章帽徽，显得很精神。他热情地让座倒水，寒暄一阵后我们到隔壁小卖部，买了许多生活用品，我印象最深的是母亲买了一大玻璃罐彩色小糖果，给每人一颗，说真的，那颗糖让嘴里甜了好几天。有明有志吃着糖更是喜出望外，美滋滋的。

　　这天阳光很好，母亲的心情似乎也开朗起来，我们一路走一路看风景。清清的河水流向远方，绿绿的秧苗种满了一望无际的水田，一群白鹭散落在水田里，扔一块石头过去，"嘭"的一下几百只白鹭飞了起来，十分好看。蛙声此起彼伏地和着鸟儿的歌唱，村边竹林茂密，绿树掩映，土狗和鸡鸭都卧在阳光下打盹，土狗看见人来翻翻白眼，不动声色，偶尔有村童牵着水牛，自得其乐地从我们身边走过，牛也一样，甩甩尾巴，咀嚼着青草。白云在天上悠悠地飘着。

第五天，家里急需的东西基本都备齐了，还有一样以前不需要的东西要去采购，那就是蔬菜种子。一家人七嘴八舌，各自说喜欢吃什么菜，有黄瓜、西红柿、茄子、辣椒、青菜、芹菜、空心菜、黄芽白、洋葱、豆角、南瓜、韭菜、大蒜，说得大家都流口水。种子要去公社买，一大家人都想去看个新鲜，但这几天下雨，出门不便，父亲决定带着哥哥骑自行车去，我也想去，母亲说，你去了只能添乱。

来这里以后，自行车还没用过，哥哥高兴地从厨房把它搬出来，擦得亮亮的，带着一个大麻袋和父亲一起蹬踏而去。这一天我只能坐在门槛上发呆。

伙 伴

孩童是最有活力的,尤其是五岁到八岁左右,什么都新鲜,什么都不怕,什么都敢干。对大人来说,真是狗都嫌的时候。

正在家发呆时,有明有志从他家里出来,有志长得少有的白净,胖乎乎的,左太阳穴的疤大而发亮,有明剃着发青的光头,总跟在有志的身后,像个跟班,好在他身后总跟着一条土狗,人也显出些精神。

"到我家去玩吧!"有志用很奇怪的声调邀请我,有明也似笑非笑地看着我,我正愁着没事干,高兴地跟他们去了。

他们家的屋是全土砖的,光线很暗。因为厅堂是没有窗户的,两边厢房的窗户也只有两块砖大小,主要是为了防盗。后来我发现当地许多人家屋里光线都很暗,他母亲和姐姐妹妹在家,脸看不太清楚。他母亲见我来,热情地端出一碗糕粑，我也不懂客气，端起来就吃，有一股酸酸的味道。有志带我参观了他家的厨房、厢房，特别介绍了他和有明的卧室，最醒目的是一张毛主席像贴在墙上。他父母的卧室有一张他父亲穿着军装的标准照，挺英俊的。"你爸还当过兵？"我问，有志得意地说："还当过班长呢！"有明似笑非笑地看了看我。我走出门来，他母亲到门口招呼着走好，虽然她脸上长了几个麻子，但笑容可掬。这时他姐姐抱着妹妹也走到门口，让我一惊，皓齿明眸，皮肤白里透红，一根黑色的辫子搭在胸前，非常漂亮的一个女孩子。

有志吆喝着叫上抽烟的男孩一起去水塘边玩，我们四个人穿过我家旁边的小泥路，去一个名叫"火才"的孩子家，叫他一起去。一个身材瘦长的眼睛一眨一眨的小孩从他家里探出脑袋，问去哪，有志说去水塘边，火才欣然加入。我们一边扯着树枝，一边打着小石子，顺着一个斜坡来到村后的水塘边。

一个长条石从岸边伸出去，这是供人洗衣服洗菜用的，一个农妇正蹲在条石上用木杵捶打着衣服。水塘对岸是茂密的丘陵，右边远处就是堤坝，那条长着高大枫树的堤坝，当地人称为塘坝头，左边远处是一大片水田，隐隐约约有人在田里劳动，我们这岸是个低丘，岸边没有正经的路，我们要扒开水边的灌木、刺蓬和杂草才能前行。有志给我折了一根竹子，让我看见蛇就打。他们每个人都折了一根竹子，有志走在前面开路，我们披荆斩棘往前走，高高兴兴走到另一个长条石边。水塘水很清，渴了就用手捧着直接喝。有志说喝一口，很甜。我有些犹豫，也学着喝了一口，真的很甜，比他家的米粑汤好喝多了。此后我也常到水塘边喝水。

有长条石的岸边都有一小块平地，有一条小路通向村里。我们开始在这里挖蚯蚓，他们说拿回去喂鸡喂鸭。挖着挖着，我大叫起来，一个蚯蚓似的东西趴在我手背上，甩都甩不掉，有志一看，嘲笑道，"我以为什么呢，一个蚂蟥把你吓成这样。"火才用手把蚂蟥抓起，轻轻拉着，另一只手在我手背上拍了几下，蚂蟥就被拉开了，它咬过的地方血流了出来。火才拿着蚂蟥摆弄起来，一会儿拉个长条，一会儿捏个圆球，我简直佩服得五体投地，最后他用个小树枝，不知从哪个部位插进蚂蟥的身体,一下子把蚂蟥翻了过来,说不这样它死不了。

快中午了,我们已经挖了不少蚯蚓,大家一路甩着竹鞭往回走,回到家后,我看见他们把鸡鸭唤过来喂蚯蚓,看它们那吃相像是一次盛宴。

吃完饭我又坐到门槛上,希望有志他们再来找我。一会儿,那个抽烟的孩子从旁边过来,叼着烟,笑嘻嘻地让我也抽一口,母亲问他几岁了,他说三岁半,母亲问叫什么名字,他说叫女华。这时女华的妈,一个健硕的农妇,端着一碗饭走了过来说:"快吃饭,天收的!""我不吃,我要吃奶!"女华的妈就势坐在我家的门槛上,敞开衣服说来:"吃一口"。女华一手拿着烟,一手抓着奶吸着。我和母亲非常惊讶,他们却很自然。他妈看着母亲说:"这个天收的,不听话,饭也不吃,就会吃奶。"母亲说:"这么大了,还吃呀。""没办法,他非要吃。"他妈看着我说:"你也吃一口?"敞开另外一边让我吃,母亲说:"他不吃,他一岁就断奶了。""那就让你那个小的吃。"她指指坐桶里半睡半醒的弟弟,母亲说他刚吃饱睡了。其实,我很想尝尝,但是没敢说。

父亲和哥哥回来了,买了很多菜籽,但是没有西红柿和黄芽白、洋葱,说要到县城或者景德镇才能买着。奶奶说下次去的时候买几只小鸡来,这可正中我的下怀,否则挖来的蚯蚓怎么办。一家人拿着菜籽去到菜园,播下了种子。

父亲说,我们建个新家花了五天,看来上帝创造世界没有六天真不行。

邻 居

家安顿好了,母亲要去邻居家走走,答谢答谢。选了个天晴的日子,母亲带着哥哥和我,拿着一些小包装的糖果,从有志家开始逐一拜访。

我家周围共有七户邻居,分布像现在别墅区的小组团,中间有一大片土场,每家都有一部分,相互连着,中间散落几棵桃树和柳树。我家斜对面就是有志家,再逆时针就是公社书记家,再逆时针是有水家,然后是我家,再逆时针也就是我家的右边是一个很大的徽派建筑砖房,房子的体量比我们家三四个加起来还要大,高度也是我们家房子的一倍,一色的灰砖。我从来没去过,也不知道里面住了什么人。我家正后方是火才家,火才家的右边是女华家。我家正对面是个土砖房,背向我家,他家有一男一女两个小孩,还没在一起玩过。这七家加上我家一共八家，组成了一个小组团，这也就是我家的直接邻居。

有志和他父亲都不在，土狗在门口摇着尾巴哼了几声，有志妈迎了上来，笑容可掬，有明挠着光头，鬼祟地笑着。母亲寒暄了几句，说了些感谢的话，递上一包糖。有明妈往屋里喊着让他姐出来，有明姐抱着小妹羞涩地到了厅堂，我又看到了有明漂亮的姐姐。

到书记家，那位穿着干净的妇女迎了出来。她热情地给我们介绍她的孩子，老大男孩，十岁，老二女孩，九岁，老三女孩，六岁，老四男孩，五岁，老五小凡，男孩，一岁，五个孩子都干干净净，很拘谨也很有礼貌。她给我们介绍了他们家的屋子，屋子结构基本一样，只是厨房是独立在屋外，厨房边还有个猪圈，养着两头猪。

左边邻居家只有两个男孩在，有水和有春。有春接过糖果，就跑到后面厨房去了，有水追了过去，把我们晾在厅堂。

在我的带领下，我们又去了火才家，火才家的屋子与我们家的有些不一样，外表虽然也是土木结构，但屋子很大，里面有个天井，屋里显得很亮堂，有鸡有鸭在天井边趴着。火才有个哥哥叫火发，火发十岁，看着我们只会傻笑，但很健壮。火才奶奶在家，坐在天井边摘菜，她没有牙齿，看见我们有些手足无措，衣衫上很多补丁，光着脚穿一双布鞋。后面厨房有一头牛正在吃草，看见我们也"哞哞"叫了两声。母亲寒暄了几句，老奶奶一直笑着，她的两个孙子也抓耳挠腮，可能是没听懂。

女华的母亲正在给一个婴儿喂奶，女华则趴在地上不知摆弄什么，一看见我们高兴地站了起来，手拿着一只金金虫，在我们面前摇晃。她母亲站了起来，说这个婴儿是她大儿子的孩子，才几个月大，孩子娘的奶水不够，只好由她来喂。女华也人来疯，凑过来吃了几口奶，她妈说，女华父亲是村里的会计，每天忙得很，到田里去了。大儿子在当兵，去年结的婚，儿媳妇这几天去娘家了。

还有两家，我们谁都没去过，也不认识，母亲说先去大房子这一家。我们来到这个大屋的正门，门很巍峨，有石雕和石台阶，典型的徽派建筑，往里看时有个屏风，母亲问："有人吗？"屋里有个男子答应道："谁呀？"我们绕过屏风进了屋。屋里有两个大天井，十分明亮，两厢都是雕花格窗，二楼还有房间，第二个天井后面是个大厅，有长条案和八仙桌，两边放着太师椅，显得很庄重。男主人坐在一把太师椅上，脚下踏着一个小木凳，戴着眼镜，拿着本书正看着，见我们来，礼貌地站起身来让座。此人看起来像个乡村知识分子，面目清秀，一身深蓝色有些皱的中山装，左上衣口袋还插着支钢笔。母亲称赞这个房子很好，男主人说，这是祖上留下来的，有很多年了，房子共有三个天井，大厅后面还有一个天井，后面是厨房和小花园，花园里没有种花，种了些菜。我们参观了一下，房子确实很大，楼下两厢对称共有八间房，楼上六间房。家里还放着一架传统的织布机。今天家里似乎只有男主人一个人。

出门后我们去了最后一家，这家房子很矮，家里有一位妇女和一个男孩在，妇女正在切猪草，看见我们来妇女赶快回过头来，把手在围裙上擦擦，一副苦笑的表情看着我们，也没让我们进门，母亲说了几句感谢的话送上糖果，我们也就回了。

村　庄

　　鄱阳湖平原坐落着许多村庄，在丘陵、河汊和密布的水塘间分布着，它们组成了这里的人们世世代代生产生活的网络。人们辛勤劳作，把平原变成了鱼米之乡，在这优美的大湖之滨创造着中国人千百年来战天斗地繁衍生息的美丽华章。游沐塘就是许多这样普通村庄中的一个，它每天都在上演着一幕幕平常而又鲜活的故事。

　　游沐塘北边有西湖里村，南边是湾里村，南偏东是五房村，再往南是西湖大队所在地西湖村，当地人叫山上计家村。我印象中这一大片村落之间都有大大小小的水塘相连。水塘往西一直可延伸到大港边，直通鄱阳湖。

　　村庄十分规整，坐北朝南，村南有一条石板路贯通全村东西，村北有一条土路也贯穿全村东西，各家的菜地，村里的牛棚和风水林就在村北这条土路边上。村的东西两侧则有小路把这两条主干路连接起来，形成一个环线。村前（南边）是一个大晒谷场，宽度有三四十米，长度有半个村那么长，是村里人生产、活动的主要场所。村里有三口井，东南角和西南角各有一口，水井边上有传统的大石碾、石米舂和大石磨，村正中祠堂前面有一口水井，也是最大的一口。祠堂很大，像个大礼堂，但已经改为村里的谷仓，逢年过节这里都是最热闹的地方。祠堂往南，走过晒谷场，便是村里的小学。除了两条东西向的主干道以外，还有不少南北向的小巷。我现在还清晰地记得，祠堂的东边有四条大小一样的青石板铺成的南北向的小巷，都是从晒谷场直通到村后的水塘边，我家就在其中一条青石板小巷边。村南石板路边有不少青砖灰瓦的大屋，后面则分布着一些砖房和土房，而且砖房基本上都是在青石板两边，规模很大，数量也不少，看得出来这是一个比较富庶的村庄。村北最后一排房子到水塘边还有很长的路。整个村庄建筑在一个缓坡的上面，规划得很好。

　　这一片几个村庄的人都姓计，不知何年何月从何而来。

村庄"水系"很发达。水塘在村北，是村里灌溉用水的水源地。村东和村南有一条一两米宽的水渠，与村东村南的水田相连。这边用抽水机，抽水灌溉。村北村西的地势低，直接用传统人力水车从水塘汲水灌溉。

塘坝头北端还有一条高高的引水渠，把从水塘抽上来的水引向离村较远的旱地。

村北水塘的北岸是丘陵，林木繁茂，有许多野果子树，还有一大片桐树林，也有不少动物如野鸡、野猪之类潜伏其中。

村庄的环境十分优美，站在塘坝头，就能看见没有尽头的大小相连的水塘和延绵在村庄后面的树林，若是傍晚时分，夕阳西下，水光树色，袅袅炊烟，鸡犬相闻，人们荷锄而归，一派田园风光。

上 学

村里小学只有一二三年级,四五年级要去大队部所在的西湖小学。哥哥在西湖小学上五年级,我将在游沐塘小学上一年级。报到的第一天,母亲带着我去到晒谷场南边的村小。小学的房子是个大礼堂,有舞台,平日村里开村民大会等活动都在这里。校长室在舞台上靠边的一个房间里。进去后,校长很热心地做了自我介绍,他叫计东阳,很年轻,看上去只有二十多岁,校长说学校三个年级只有三个班,一个年级一个班,只有一名老师,就是他本人,村里面还有一个读过书的人,校长不在的时候他会来客串一下。

母亲回来对父亲说,学校只有一个老师,而且没有看见教室,她不知道孩子怎么上学。

第二天,母亲带着我准时来到学校,已经有不少家长也带了孩子，牵着牛，挎着渔网来到学校。村长和计老师站在台上，学生和家长站在台下，牛则站在学生家长的后面。典礼开始，村长讲话，他讲得很简短，讲了什么我不记得了，但被牛大声的叫唤打断了两次，他两次强调上学不要带牛来，台下面都哈哈大笑。计老师宣布了谁是一年级谁是二年级谁是三年级，因为有不少留级的，所以开学一定要宣布，以免坐混了。几分钟后散会，家长们回家，学生留下。我往后一看，牛也都留下了，因为牛需要小孩子来放。

这一天没上课，老师带领大家从舞台下面把课桌和长条凳搬了出来。我发现在舞台下放了很多杂七杂八的东西，有水车，有犁耙，有大龙舟，甚至还放着几口棺材。三年级坐台上，一二年级分开来坐台下，总共加起来四十多人，和二十多头牛一起，都在一个屋檐下待着。

这些牛很自在地卧在礼堂里，一般不大声叫唤，嘴里总嚼着什么，认真地听着计老师讲话。有时牛也站起来，甩甩尾巴，活动活动筋骨，有时则是站起来拉屎，大家一阵骂骂咧咧，其实不是真骂，只是找个由头说说话。礼堂门口经常站着许多农民,探着头听计老师讲些什么。

老师和同学对此都习以为常,这一天我一直在看着牛,听着牛,老师布置了什么事我一点都不记得,只记得搬桌子搬凳子,擦桌子擦凳子,发课本。一二年级只上午上课,下午放学,因为有很多人还要干农活。一二年级的学生特别多,很多都是留级生,有的人甚至读了四五年的一二年级。

第三天正式上课,先选班长,一二三年级各选一个,这个班长不干别的,就是在老师不上这个班的课的时候,他要坐在老师的位置上,看着下面的学生,不准说话,以免影响老师给别的班上课,另外还要对牛负责,牛叫了,他要过去制止。选出的班长,都是年龄大个子高的留级生,以起到威慑作用。上午三节课,一个年级一节课,东阳老师轮流讲,大家先听三年级的课,再听二年级的课,最后听一年级的课。

台下的一二年级只有上课时才不调皮,其他时间干什么的都有,有藏别人书的,有用大头针扎别人屁股的,也有溜出去放牛的,还有一个十五岁左右的男生每天都和一个十二三岁的女孩打情骂俏。

记得一年级第一课是"毛主席万岁"，学了好几天全班才学会第一课，因为学课文的同时还要学拼音，老师的拼音不准，普通话说起来有点奇怪，我这才明白那一天见到有志时，他为什么会用奇怪的腔调说话，因为他想用正式的普通话表达。

上学是一件很愉快的事，可以认识很多朋友，还可以骑别人的牛，和小朋友一起去田里抓青蛙、抓鱼，还有很多很多好玩的事，孩子们都愿意来上学，似乎都不是为读书而来。然而，村小学却是这个普通村庄的文化中心，是农民心目中神圣的殿堂，读书是家长们对孩子的期待，这里的人对老师和读过书的人都非常尊重。

劳 动 课

每天上午上学，下午和小伙伴胡乱玩耍，过了一天又一天。每星期有一次劳动课，是大家最喜爱的。劳动课在星期六下午，没有固定的内容，看季节和情况而定。有时抛秧苗、拾稻穗、搬稻草、切稻草、搓草绳，有时则采草药、打桐子，有时候还被老师或者村长叫去搬砖头、搬木头，总之都是孩子们喜欢的事，有几次课印象特别深。

桐油是生产和生活中一种常见的防腐涂料，比如造好一条木船，最后要涂上一层桐油防腐防漏，农村用的水桶、木盆等都要涂桐油。每年村里都要组织大家上山打桐子。鄱阳湖盆地低山丘陵地带生长着很多桐树，游沭塘的桐树林在水塘的北面丘陵上，十分茂密，平日很少有人去。传说树林中有一条大蛇，碗口粗，进去的人都出不来。每年桐子熟的时候，人们才会成群结队地进去打桐子。这是一堂特别刺激的劳动课。

老师带着大家，一人一根木棍和一个竹篮，唱着歌走过塘坝头来到这座神秘的丘陵边，老师叮嘱大家，看见小蛇就用棍子赶，看见大蛇就喊。老师走在前面，有几个年龄大的主动跟着他，我们这些被传说吓唬过好几遍的胆小鬼都跟在后面。谁都不说话，屏住呼吸，似乎要赴汤蹈火，拿着棍东张西望慢慢地往里走，看到前面有人挥动棍子打草时更加紧张。突然有人喊了声："有蛇！"队伍立即乱了阵脚，大家扔下棍子和篮子往外狂跑，到了安全地带，只有老师和几个人手里还有棍子，其余人早已丢盔卸甲。老师清点了一下人数，还好都在，老师严厉地问："谁喊的有蛇？"

有个学生说是他喊的。

"你看见了？"

"没有。"

"没有你喊什么？"

"我看见草在动。"

老师气得什么话都没说，板着脸，重新整顿队伍再出发。

一路上，大家又捡起自己扔的木棍和篮子，走到了山丘深处的桐树林下，大片桐树，一个个桐子挂在树上十分的诱人。大家来开始打桐子，还没打几个，一个同学喊："树上有大蛇！"这时大家正干得起劲也没动，老师突然喊："快跑！"大家这才懵了，又是一阵疯跑，跑出了山丘。大家气喘吁吁，老师也脸色发白，大家都互相问："看见了没有？"大多数人都没看见，有几个人说看见了，蛇缠在桐树上睡觉，一动不动，确实有碗口那么粗。这次劳动课就这么结束了，一个桐子也没打着。此后很多次我都想去看看那条蛇，始终没凑齐足够的人，一个人又没有这个胆量。

还有一次上劳动课，打木子。木子的学名是什么我不知道，村里人都这么叫，只知道是一味中药，长在树上，村边很多，可以拿到公社收购站卖钱，卖来的钱学校可以用来买粉笔。我记得二年级时学校用我们劳动所得的钱修了一个木制的篮球架并买了几个篮球，同学们从此开始了现代体育项目。木子的大小像薏米仁一样，一串串长在树梢上，男同学要带一根长竹竿，女同学则带篮子，男的打，女的捡。有一棵树很高，树梢上挂了很多木子，打不着，一位同学说他爬上去。他爬到树顶，用手摘了很多木子，女同学欢呼着在下面捡，他更来劲了！一直往上爬，突然"咔嚓"一声，他手着力的树枝断了，整个人掉了下来，大家都慌了神，这家伙还真行，掉到中间抓住了一根树枝，一下缓下来，他再次抓住树的主干，爬下树来，大家欢呼起来。后来我知道，他是个有名的留级生，名叫木水，已经有十三岁了，胆子奇大。那堂课大家打木子卖了五块多钱，计老师很高兴。

洪 水

要问江南什么最多,有人会回答是河湖沟岔,有人会回答是绿树青草,有人会回答是鸟兽鱼虫,我觉得江南最多的是雨。

有润如酥粉的雨,有丝丝如绵的雨,有短促猛烈的暴风雨,也有连绵不绝的梅雨。在鄱阳湖平原,连下几天几夜的雨司空见惯。有一次连续下了十几天大雨,在一个夜里,洪水终于爆发了。洪水流过的呼啸声把我们从梦中惊醒,全村的狗都在叫喊。早晨四五点,奶奶把我和哥哥喊醒了,说外面是什么声音,这时父母也抱着弟弟起来了,打开大门,只见门前土场上满是水,汹涌地流着,父亲说发洪水了。不一会儿,生产队长提着马灯沿着石板路喊:"发洪水了!"

这是我第一次见洪水,水流卷杂着许多漂浮物在村庄里呼啸而过，天亮时，看见洪水中乱七八糟什么都有，有门板、桌椅，还有死猪和蛇，我家的门槛快淹没了，还好水没进房间，父亲叫我和哥哥拿着木棍和铁铲守在门边，说万一有蛇过来把它拨开。水里鱼真不少，鱼背露在外面，在土场上窜来窜去，一条鱼游到门槛边，哥哥用手一抓扔进门里，一条鲤鱼，奶奶说有两斤重。哥哥又从厨房拿来渔网守在门口，一旦有鱼来就把它网住。这时，有明有志他们早已拿着渔网在土场上网鱼了，而且网了不少鱼。我问母亲他们怎么不怕蛇，母亲说蛇也怕人。中午，生产队长蹚着水送来了几条鱼给我们，说这是有明有志网的送上门来的鱼。

　　洪水浸泡着整个村庄，第二天依然如此，中午吃完中饭时，一只小乌龟爬上了我们家的门槛，待在上面一动不动，哥哥把它抓了过来放在手上，十分可爱，一个火柴盒就能把它放下。哥哥说他要带在身边，父亲说那它会饿死的，放在家里养吧，母亲拿出小木盆，放上清水，让我负责喂食。从此，这只温顺的小乌龟成了我们家的宠儿，我们时常把木盆搬到土场上，让小乌龟晒晒太阳，活动活动。它成了弟弟的伙伴，弟弟常趴在地上挑逗它，小乌龟也很配合，一会儿伸出头，一会儿随进去，真是"两小无猜"。家里的猫也经常捉弄它，但并不伤害它。在游沐塘这些年，这只小乌龟一直跟着我们。

第三天早晨，哥哥和我都被奶奶的惊叫声惊醒了，她让我们在床上别动，说床下盘着一条大蛇。我和哥哥吓得一动不动，父亲过来了，也没有办法，只好去找生产队长，队长出工了，没在，又到隔壁找了女华他爸，女华爸背着手过来一看，笑着说，我以为什么事呢。他让父亲找来一个铁盆，对着蛇不断地敲铁盆，蛇慢慢地很不情愿地从一个墙洞里爬出了房间。会计说这个墙要补了。原来洪水昨晚退去，我们这边的墙是篱笆上糊的黄泥墙，洪水泡了三天，黄泥脱落了，露出了篱笆，大洞小洞十几个，蛇便钻进来取暖。父亲赶紧请了几个劳力把墙洞补上了。

上午我们去菜园摘菜，一看，所有的东西都泡汤了，一切都要重新种。可惜了几根黄瓜，都长出小嫩瓜了。看看隔壁有志家的菜园也一样，他妈和他姐正在菜园收拾，看见我们，笑容依然灿烂，他妈乐观地说年年都这样，再种上就好了。

诊 所

有一天，父亲和母亲从公社卫生院拉来了很多药品和医疗用具，诸如听诊器、针管针头、消毒盒等等一大堆，作为一名赤脚医生，母亲就要开业了。村里按母亲的设计打了一个柜子，还涂上了白漆，柜门上画上了红十字。药品和器械都装进了这个柜子，再放上一个小桌和几把椅子，我们家的厅堂即刻就成了一个小小的诊所。从这天起，母亲从一名城市医院的医师，成为一名乡村赤脚医生。

没想到第二天一早我还没出门上学，屋前土场上就站满了人，都是来看病的，母亲连早饭都没吃，就开始了她的赤脚医生生涯。

我中午放学回家，土场上依然站满了人，只是有秩序地排了队。这一天几乎全村人都来看病了，直到天黑，母亲坚持把最后一个人看完，已是晚上八点多了。我们都没吃饭，因为厅堂被病号们占了。母亲兴致勃勃地谈论今天的情况，她真的很高兴，她觉得在这里能够为大家解除病痛，虽然辛苦但很有价值。她那兴奋的样子是到游沭塘以来从未有过的。

父亲说不能这样，要定个时间，父亲拿出纸和笔写了个告示贴在门上：每天看病时间上午八点到十二点，下午两点到五点。头几天，人们并没按这个时间执行，依然是从早到晚，等到全村所有的认为自己有病的人都看过一遍后，情况才慢慢正常了，但也没有闲的时候，因为附近其他村的人也来看病，这样的情形持续了将近一个月。母亲终于累倒了，病了好几天，无法开诊。停诊了几天，人们意识到，医生也是人，也会生病累倒。出于对医生的爱护，再也没有没事也来看病的。

记得第一个清明节时，全村几乎每家每户都给我们送来了米粑和鸡蛋，也有邻村送来的，对母亲表达谢意和敬意。母亲也十分激动，这种醇厚质朴的感情，在城里是感受不到的。母亲决定把这些东西送给一些特别贫困的家庭。母亲带着我和哥哥拎了六篮米粑和鸡蛋，分送给村里的五保户和特别贫困的家庭。这次我们都被震撼了。一位五保老婆婆，一个人窝在一个刚刚能转身的草棚里，地上铺的都是草，人蜷缩在角落里，几个破陶碗放在身边，母亲跟她说话她也听不懂，只是不住地点头。我们把米粑和鸡蛋放满了她的碗和盆，她不停地作揖。母亲很凝重地带着我们离开了这里。我们还去看了一户情况更加不堪的老大爷，至今我都不忍回首，也无法下笔。

我们又去了几家特别困难的家庭，这些家庭共同点是孩子太多，夫妻俩无法支撑起整个家庭。有一家只有一位骨瘦如柴的母亲，衣不遮体。江南清明节时期天气还是很冷，她却没有上衣，下面穿着一条很破的裤子，身边大大小小有十一个孩子，男人因不堪重负离家出走，几年未归，我们把东西送给她时，几个孩子一窝蜂上来就抢，狼吞虎咽，让人不忍驻足。

回到家里，母亲正色告诫我们，以后不许浪费，有多余的东西，都要帮助别人。

按规定赤脚医生看病每人要收五分钱，不收医药费。农村许多家庭连这五分钱都拿不出来，许多人来看病带着几个鸡蛋，或者一条鱼，母亲心地十分善良，遇到这种情况，这五分钱就自己承担。家里每天都会有一些鸡蛋和鱼，她总是让我们送给那些生活困难的人。母亲在这十里八乡，是一位被广泛传颂的大善人。

出诊也是经常的事，每周都有几次。有时半夜了，还有人来敲门，请母亲出诊，母亲肯定不会拒绝。起了床，背上药箱，在父亲的陪伴下立即出发。肯定又是一个不眠之夜。长期这样，母亲积劳成疾。又看病又开药又拿药，母亲实在忙不过来，到了暑假，哥哥就成了母亲的助手，帮着拿药，弟弟则坐在坐桶里，静静地看着这一切，时不时地打打盹。父亲有自己的工作，奶奶则到菜园摘菜，在家做饭。我依然和小伙伴到处野，有时也帮着去分送一些鸡蛋和东西。母亲总告诉我不要天天野，在家里做做作业，帮大人做做事。

这就是那时我们家的日常生活，也是一个典型的下放赤脚医生的家庭生活。

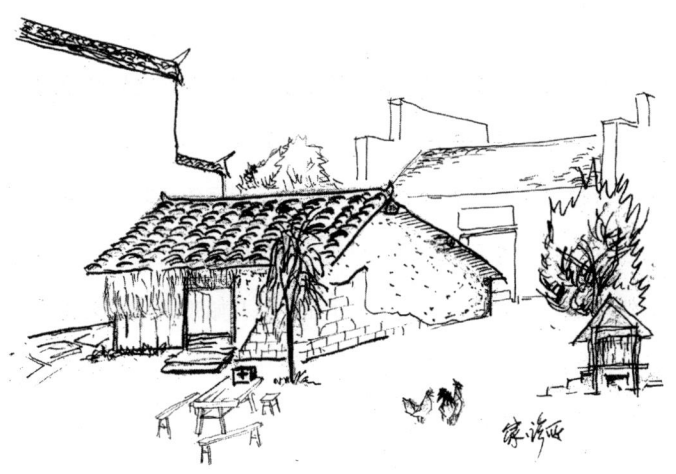

养 蚕

养蚕在鄱阳湖平原的农村是家家户户除耕作之外必做的农事。哥哥最喜欢养一些小东西,开始我并不知道他身上每天都带着的两个火柴盒是干什么用的,而且他还时不时拿出来看看,会心地笑笑,后来我知道,里面装的是蚕子,也不知他从哪儿弄来的。蚕子变成了蚕,他开始带我去采桑叶,他偷偷地给我看,一条条银白色的蚕在火柴盒里,里面还垫着几片桑叶。我问他蚕大了放不下怎么办,他说他也不知道。蚕大了,几个火柴盒都装不下,他只好告诉母亲,他想养蚕,要用一个大的竹筛子把蚕摊开。母亲同意了,她总是鼓励孩子们做有益的尝试。哥哥每天都带我去采桑叶,然后回家看着这些蚕贪婪地吃着新鲜桑叶。哥哥专门用小火柴盒装了几片桑叶和几条蚕,给我解闷,我也喜欢上了蚕。我又多了一件好玩的事。村庄里有很多桑树,边采桑叶还可以边吃桑葚,红的酸黑的甜，每次都会吃得一嘴乌黑。

蚕要吐丝了，我们就学着别人的样子，找来一捆麦秆，把蚕放到麦秆上，蚕趴在麦秆上开始吐丝，作茧自缚，形成一个个白色的或者黄色的茧，好像麦秆上开了黄色和白色的花蕾。这确实是件十分有趣的事。成了茧怎么办？哥哥说他也不知道，他要去问问同学。回来他告诉母亲，要把茧摘下来放到锅里煮，煮熟了再抽丝纺丝。母亲说我们也不会啊，把茧送给别人吧。

隔壁的"知识分子"养了很多蚕，光是做茧用的麦秆就有几十捆，我们把家里这捆送给他家，说煮丝纺丝的时候让我们看看就可以了，他满口答应。

一个大晴天，他来喊我们，说今天要煮丝。我们就像去看戏一样兴奋，拍拍屁股就去了。他家的天井很大，加上是个大晴天，显得格外亮堂，天井边已经支起了炉子和铁锅，铁锅里的水已经在沸腾，一位老奶奶，那位"知识分子"的母亲坐在铁锅边，奶奶旁边坐着他媳妇，媳妇手边放着一个小纺车。他在一边分选着蚕茧，白色的放一个篓子，黄色的放另外一个篓子。老奶奶问我母亲来了没有，哥哥说还有病人，老奶奶说等我母亲来了再开始。村里人都很尊重我母亲。哥哥马上跑去叫母亲，母亲来了，老奶奶让我母亲坐在她身边。

随着老奶奶一声令下，"知识分子"用一个专用的小方斗装了一斗蚕茧，倒进专用的锅里，开始煮丝，老奶奶拿着一双长长的筷子，不断搅动锅里的蚕茧，蚕茧被煮成散开的蚕丝，蚕蛹会从蚕茧里煮出来。她夹出一个已经散开的蚕茧，右手牵出一个丝头给儿媳妇，儿媳妇把丝头固定在纺车上，右手慢慢摇动纺车，丝线不断从茧中抽出，直到把丝抽完。

这时有人喊母亲去看病，母亲起身告辞，老奶奶说等一下，她从锅里捞出几个煮熟的蚕蛹让母亲吃，说这个补身体，母亲没有推辞就吃了。母亲总是这样，一定会善待别人的好意。老奶奶七十多岁，头发依然很黑，皮肤又嫩又白，精神极好，她说她就是吃蚕蛹长大的。

那天上午我和哥哥吃了不少蚕蛹，刚出锅的蚕蛹十分可口，冷了就不好吃了。在游沭塘时，我们年年都去"知识分子"家看煮蚕纺丝，最主要的是想吃刚出锅的蚕蛹。

塘坝头

游沭塘有几个地方是孩子们最喜欢玩的地方，塘坝头就是其中之一。塘坝头是进村的堤坝，两边是很大的水塘，堤坝上林木茂密，各种昆虫花草很多，有孩子们喜欢的金金虫，还有一种叫天牛的昆虫和知了。坝北头还有一个引水渠，孩子们经常去那戏水，坝北头的东边是一片树林和竹林，村里的榨油房就在那儿，坝北头西面就是那个传说有大蛇的桐树林，那里的神秘也常常吸引着孩子们，从塘坝头再往北是一片野山，各种野果子漫山遍野，时常有野鸡出没。这里几乎具备了农业文明时代人类乐园的一切要素，尤其对于孩子来说。

塘坝头有一排高大的枫树让我十分着迷，这排树是村里最高的树，春天绿叶长出来的时候，给人一种清新的感觉，夏季则是绿荫满地，坐在其下顿时觉得凉爽，秋天红色的枫叶随风飘舞，诱发出人的某种憧憬，冬天寒风劲吹，黑色的树干不屈地挺立着，坚强傲岸，令人敬仰。我第一次看到它们就充满了依恋之情。不知道那一排树现在还在不在。

　　塘坝上还有一棵树是所有的孩子又喜欢又怕的，喜欢的是棵树上经常趴着很多金金虫，怕的是树上吊着一个大蜂窝。金金虫是一种指甲盖大小的甲壳虫，全身发着五彩的金属光泽，可用一根线绑在它脖子上让它飞，它也飞不高，孩子们就跟在后面追着，有时它也会带着线飞走，这是人和昆虫之间的一个游戏，孩子们很喜欢玩。每次去那棵树都能抓到几只金金虫，每次也都会有人被马蜂叮着。火才是被叮得最多的一个，他太勇敢，金金虫边上即使有一只马蜂停着，他也用手扑上去，结果可想而知。马蜂大多数时间是围着蜂窝嗡嗡叫，偶尔飞下一两只四处巡游。有一次有明爬到树干一半时，蜂群突然飞了下来，我们几个狂跑躲避，有明的秃瓢上被叮了好几个包，松手直接滚到水塘中，我跑在最后，被马蜂在脸上叮了一个包，三天才消肿。我一直在想，逃跑绝对是人类进化时从四条腿变为两条腿的重要原因。

有一次，我们在塘坝头捉迷藏，我躲在一个靠水边的大树后面，一会儿，感觉到树下杂草中有东西在动，定睛一看，一条大蛇正盘在草里，头已抬起，能清楚地看见它透着凶光的眼睛，我脑袋一嗡，下意识地跳进了水里，闭着眼睛游了很远，探出头来，看见没有蛇追来，长出了一口气，庆幸自己水性不错。后来木水告诉我，被蛇咬了没关系，去找一种长着三角形叶子的草，把它咬碎敷在伤口上就行。塘坝头上这种草很多，他带我去认，我们去的时候，一只大蟾蜍正在咬这种叶子，他说它肯定被蛇咬了，不信你看。只见这只蟾蜍吃下不少草，在嘴里嚼了一会儿，吐到两只前爪上，然后敷在脚上，一看那脚上真有一个伤口。这只蟾蜍反复给自己敷了好几次，然后拖着一条伤腿慢慢地爬走。此前，我看见蟾蜍就用石头打，母亲常告诉我蟾蜍是有灵性的，不能打，我就是听不进去，这之后，我再也不敢打了，看见蟾蜍我都绕着走。

塘坝头北边那片山坡上，杨梅和野莓都特别多，吃完了杨梅吃野莓。野莓是一种红色的，像覆盆子一样的果子，长在刺蓬上，酸甜的，夏天我们都会去摘一些吃，再顺便看看刺蓬底下有没有野鸡，野鸡常常在这种刺蓬下休息。经常能看见野鸡飞起来落到某个地方，等人过去时它肯定不在，可是你能听见刺蓬下有响动，真是急死人，我从来没有亲手抓到过野鸡，虽然经常和伙伴们去围剿它们。

塘坝头两边的水塘里经常有野鸭飞来，而且数量很多，也不怕人。我们几个水性不错的，常常用一片大荷叶作掩护，潜在水里，等到野鸭游过来时，突然袭击扑向一心一意觅食的野鸭。野鸭太灵活了，反应也极其敏捷，我们很难得手。偶尔得一次手，大家都会欢天喜地。

塘坝头的故事太多了，我们成天在这边溜达，不厌其烦，这大概就是童年吧。

八　哥

　　哥哥养的第一个小动物是一只八哥，这只八哥是他的一个同学给他的。每天早晚，要给它喂一次食，他亲自喂。他上学前喂一次，放学后喂一次，不许任何人动。八哥真是个喜欢学舌的家伙，当地人喊小孩时经常用"天收的"，八哥看见小孩来家里玩就会叫"天收的！天收的！"看见有人来看病，他就会叫："排队！排队！"这给我们当时单调的生活增添了不少乐趣。用笼子养了一段时间后，哥哥就直接把它放到屋梁上，做了一个窝，这样省心多了，他会自己飞出去觅食，吃饱了就飞回来，还自言自语说一些奇奇怪怪的话。

　　家里屋梁上还有一个燕子窝，在我们搬来之前就有。在这边农村，燕子窝家家户户都有，都在屋梁上，不管是传统的土屋还是砖房，燕子们并不嫌贫爱富。一个燕子窝里有两只燕子，同进同出，经常在窝里嘴对嘴叽叽喳喳亲个不够，可怜的八哥经常侧着身子移到燕窝边上，不断地点着头，用嘴敲敲房梁，也不知何意。有时八哥会故意捣乱，它常趁着弟弟在站桶里打盹时，在他头上拉屎。

有一次，八哥带了另一只八哥回来，它们就在梁上打打闹闹，你一句我一句相谈甚欢。两只八哥在我家屋梁上住了半年之久，不知哪一天另一只再不回来了，只留下我家的那只八哥。能看出来它很悲伤，因为它不再学人说话了，也不发言了，直到有一天，它也没有飞回来。哥哥为此都伤心地哭了。母亲说不要紧再养一只，哥哥很倔强，说再也不养八哥了。他开始养小猫小狗，还养了一群鸭子，加上奶奶养的一群小鸡，成天把我"忙"坏了，不是给它喂食，就是挑逗它们，一会儿用小棍捅捅它们，一会儿又绊住它们的脚让它们无法走路，或者把它们放在一个站不住又下不来的地方，看它们的囧态。家里养的小狗长得很快，保安、护卫等业务样样都精通，都是天生的。小狗不太喜欢我，从来不跟我亲近，看见我放学回来就溜进巷子，还偷偷地张望，看我进门没有，其实我从来没有欺负过它。它和弟弟的关系很好，经常舔他的屁股。猫长大了，似乎也不太和人接触，除非给它鱼吃，一般情况下自己抓耗子，有时抓住一只耗子还要戏弄一番。在农村，没有狗和猫的帮助，人类的生活会有更多的麻烦。

家里那群鸡被奶奶调教得十分服帖，叫它们过来就过来，并不需要食物的引诱，挥挥手就会走开，奶奶坐在土场上择菜，几只鸡就会围着她，并不吃菜，只是在那里咕咕低语，理理毛，伸伸脖子，或趴着打盹，等菜择完了，它们才开始清理垃圾，把剩下的菜吃掉，地面很快就干净了。有时奶奶在厨房做饭，几只鸡也围着灶台踱步，给奶奶做个伴，奶奶一直说鸡也有灵性，许多年后她还一直唠叨这事。有一次，父亲去余干走亲访友，带来一只巨大的母鸡，它的体格比大公鸡还大，经常生双黄蛋，比鹅蛋还大。它食量也大，奶奶视为至宝，要求我每天早晨抱它去菜园吃菜虫，还要挖些蚯蚓，荤素搭配才能喂饱它。这只鸡不好惹，谁冒犯它，它会追着啄，直到你逃离。这只鸡在我们家极受尊重，有一次弟弟一个人在土场上爬，迎面过来一条蛇，一岁多的弟弟也不害怕,想用手去抓蛇,就在这千钧一发之时,这只大母鸡一个箭步冲过去,啄住蛇甩出老远。在一旁择菜的奶奶吓得心脏几乎停止了跳动。

鸭子最不招人待见,一群鸭子成天不着家,早出晚归,圈不住,也不守时,经常天黑了还要去把它们找回来。鸭子最喜爱吃蚯蚓,哥哥有空就带我们去挖蚯蚓,自从第一次挖蚯蚓被蚂蟥叮咬后,我就很不喜欢挖蚯蚓,每次都消极怠工地跟着。我们家这群鸭子之所以无组织无纪律,主要是没人管,哥哥喜欢,但白天要上学不在家,我又不喜欢它们,采取放任的态度。鸭子喜欢在泥水里打滚,经常是一身一脸的泥,形象也不好,加上它的叫声既不悦耳也不细腻,不像鹅那么高亢,也不像公鸡那样有韵律,常常干扰视听。

那只让哥哥伤心的八哥,在一年之后居然又飞了回来,照样还会骂人,管闲事,照样去燕窝边上点头哈腰,真是恶习难改,但哥哥笑逐颜开,全家人都很高兴。天底下的生物都是有灵性的。

小　船

事情是那几只鸭子引起的。一个周六的中午，哥哥提前放学回家，逗完了猫狗之后，想起了鸭子，周围找了半天也没见着，有点着急，带着我和弟弟出去找，自然也带上了有明和火才，还有家里的土狗。

哥哥判断，鸭子肯定到水塘边去了，我们来到水塘边，发现水塘中间有几只鸭子，于是我们擅自解开了水塘边一条停泊着的小船的绳子，上了船，用长竹竿向水塘中间撑去。鸭子见有船过来，便向水塘深处游去，哥哥怎么喊它们也不回头，我们一直跟着它们，直到竹竿撑不到水底，船不再往前走。我们几个用手划也无济于事，船在水塘中间打转。这时火才说："船好像漏了。"大家这才注意到小船里进了不少水，仔细查看，果然有个小孔在漏水，我们急忙往回划，可是竹竿太短，够不到塘底，手划也没用，离岸已经很远了。哥哥让我抱着弟弟，他带着有明火才下水推船，推到岸边时，小船几乎进满了水，土狗早已跳上了岸，我的裤子已经全湿了，弟弟也吓得直哭，我们狼狈地上了岸。正好船主来了，他不是本村人，是邻村的，非让我们赔偿，说船是我们弄漏的，我们几个有口难辩，最后硬是跟着我们去了家里，父母赔了钱，道了歉才算了结。

　　本来事情就这样过去了，可我和火才有明不服气，商量要去邻村破坏那条船，可我们仨觉得势单力薄，就把木水叫上，就是那个从树上掉下来还能抓住树干的家伙。木水没有丝毫犹豫，说干就干，而且由他来挑头。我们挑了个下雨的日子向邻村出发了。因为小船在下雨的日子是不会外出的，肯定会拴在村边水塘某个地方。到了邻村，前面是一大片水塘，水塘边栓了很多只小船，看上去都差不多。我们冒着雨一条条找，看哪一条是我们那天划的小船，可是哪条都像，哪条也都不像。木水说我们不能白来，于是我们四个拿出铁锤和凿子，把所有的类似的船都凿了个洞，直到它们开始漏水，然后我们趁着大雨逃离了现场。

之后两三天时间，我们四个人一直在鬼鬼祟祟地兴奋地说着这件事，为此还到别人家的菜地里偷了几根黄瓜，跑到塘坝头下面干涸的流水洞里庆祝一番。有一天，村治保主任来到学校，找到校长耳语了几句，把我们四个人带到村办公所，一番盘问。开始我们都不承认，治保主任说有人看见你们干的，不承认就送去坐班房，我们听说坐班房，都承认了。结果木水被开除出学校，我们三家负责帮人家把船修好，并要求家长严格管教。

此后，我们很少见到木水，听说他跟他父亲到外地打零工去了，我们三个则老实了很长一段时间，家长们也不许我们见面，偶尔碰面也只能远远地愧疚地看着对方。

回想起来，确实可恶。小孩子做坏事，多半以为没人知道，其实早被别人看在眼里。

水 井

水井是农村日常生活的中心，人们每天都要来这挑水洗米洗菜，是人们交流感情传递信息家长里短的地方。我们家刚开始是父亲挑水，不到一个月这副担子交给了十一岁的哥哥，哥哥去公社中学读初中后，任务就落到了我的身上。由于我年龄小，家里特意给我买了两只小木桶，过去挑满一缸水四桶就可以，现在需要八桶，四个来回。母亲让我上午下午各挑一次，一次两担水，以免太累。家里几兄弟一个比一个个子高，都说这和从小挑水有关系，弟弟没挑过水，所以长到了正常高度。

我平时挺喜欢挑水，因为农村家庭大多都是小孩挑水，大家聚到井边还可以玩耍一番。

水井边有一个碾房，里面有大石碾，一个石舂，一个大石磨，这是农村的基础设施，村里一东一西两个水井旁各有一套这样的设施。

石碾是由碾槽和碾车组成，是一个大型的农用生产生活设施。碾槽圆形，用石头凿成的，碾车则由两个大石轮构成的，像独轮车一样的装置，整个石槽直径有十米左右，碾车由牛拉动，几个成人都很难推动它。石碾的作用是把稻谷碾压去壳。

石舂整体像个跷跷板，前面有个石臼，厚长条木的前端钳着一个下部打磨得浑圆的石锤，放于石臼内，长木中间用厚木垫起作支点，利用杠杆原理，人在长条木后面踩，浑圆的石锤就不断地冲击石臼内的米，给米脱麸。

小石磨家家都有，这里的石磨是特大号的，要用牛来拉。

我们去水井边是冲着石碾去的。小孩子们到了井边之后，玩各种游戏分出胜负，胜者坐在碾车上，负者在下面学着牛的样子拉碾，转上几圈，然后又重新游戏。有几次玩的忘了把水挑回去，到了做饭的时候，奶奶来到水井边催骂，这才想起来水还没挑。

水井边还有一件孩子们期待的事情，那就是井边有一条村里的灌溉水渠，有一米多宽，水很清。这边有个习俗，哪家有祭日，就会做一篮子馒头和米粑之类的，放到水渠边，大家随便吃，若没有人，就倒在水中，以作祭祀之用。这是孩子们一个心照不宣的期待，一旦看见有村妇提着篮子走来，篮子上还盖了一块白布的话，我们就会一哄而上，抢篮子中的东西，妇人也会很高兴地看着大家抢吃。有一次，一个外乡到五房村走亲戚的老妇人从井边过，提着一篮子鸡蛋，上面盖着一块白布，我们一哄而上，结果一篮子鸡蛋全给抢砸了，老妇人大骂，我们作鸟兽散。谁让她在篮子上盖一块白布呢。

那时碾米、舂米、磨米的人很多，现在都机械化了，这些东西很多农村的孩子都没见过，只能在类似古代农业文明展上才能看到。而在仅仅四十年前，它们都还是中国农村最日常的农具，并非古代。

端 午

端午节在游沭塘是最隆重的节日之一。端午节前,正值鄱阳湖平原收割小麦的时节,作为我们国家水稻主产区之一,这一带主要种植水稻,一年两季,在一些为数不多的旱地里,人们种植一些小麦、荞麦、高粱和红薯、花生之类。游沭塘小麦种植面积不大,但足够过端午节做馒头。小麦收割季节有一种鸟叫声音和节奏都很特别,像是当地人说"割麦发粑",这种鸟一出现,游沭塘人就知道该割麦子了,端午节快来了,连小孩都知道。过端午节必有的节目是:划龙舟、扎粽子、用新麦做馒头、煮鸡蛋、煮大蒜、插艾叶,在小孩头上抹雄黄。

端午节头三天要去后山摘粽叶,洗干净晾晒两天,端午节头一天全家人围在一起包粽子、揉面,晚上蒸馒头、煮粽子、煮鸡蛋和大蒜。端午节一大早,一家人高高兴兴围在八仙桌旁,吃粽子馒头和大蒜,然后把鸡蛋染红,装进一个小网袋,每个孩子胸前都挂着一个染红的鸡蛋。大人在门框上插上两把艾叶，在小孩前额抹上雄黄。奶奶最喜欢给我们抹雄黄，我和哥哥每次都不愿意，跑得远远的，可怜的弟弟没处逃，被奶奶抹得直哭。孩子们会到土场上互相展示一下自己的红鸡蛋，并拿出来互相碰，看谁的鸡蛋硬，这叫"杠蛋"，然后跟着大人去看龙船比赛。

周边村庄的人共同选择一个水面足够大的水塘进行龙船比赛。这个水塘离游沭塘有一段路。端午早餐过后，各村的人都抬着本村的龙船，在田埂上轻快地向大水塘走去，大人小孩个个都兴高采烈，你会真切地感受到这是一个节日，一个快乐的节日！

龙船是先人传下来的，每年只划一次。游沭塘的龙船平日放在学校的舞台下，我印象中有两条，端午节前几天，村里会组织十几个划龙船能手，在村后水塘里训练。他们喊的号子很悦耳，小孩们天天都去看，可惜我已经忘了号子是怎么喊的。比赛开始了，水塘岸上人山人海，为本村的队伍加油呐喊，有时村与村之间的啦啦队还会打起来，甚至发生械斗。

飞驰的龙舟，汹涌的湖水和划船的鼓声，人们的呐喊，构成了这个节日最令人兴奋的一幕。

过去在城里过端午节，都是买粽子，这回要自己包粽子，母亲和奶奶都没弄过，到了节日头一天，隔壁女华他妈来问包了什么样的粽子，这才知道我们家连粽叶都不知道去哪弄。她赶紧到几户邻居家要了些多余的粽叶，拿了些糯米掺到粳米里，包了两种粽子，碱水的和红豆的。她叫几户邻家的女眷来帮忙，她们个个都手脚麻利，一会儿就包了许多串粽子。大串十个，小串五个。晚上煮粽子时，碱水的香味弥漫着整个屋子。整个村庄这天晚上都充满了粽香。

第二天一早，许多人家都送来几个熟鸡蛋，一串粽子和几个馒头，女华他妈对母亲说这是习俗，邻居们都要互相送。

民间传说包粽子是喂鱼救屈原，在我的印象里，没有人向水塘里扔粽子。也许这个仪式我没有看见，也许有的地方如此吧。所有的节日背后都有其内在的含义，或是预示季节的更替，或是人们心理的需求，或者是有什么故事，时间长了，人们只记住了仪式和形式，却遗忘了真正的含义。

苦 夏

鄱阳湖平原是个气候十分极端的地区，冬天北方的冷空气，经过鄱阳湖北口的束狭作用，加速吹入鄱阳湖平原，北风裹挟着寒冷的湿气，侵入城市乡村，冰肌冻骨的寒风让人们无处躲藏。到了夏季，太阳几乎直射地处北纬三十度左右的鄱阳湖平原，湿热的水气蒸腾开来，热浪滚滚，日夜不散，人们像生活在蒸笼里，五内俱焚，同样无处躲藏。

夏天比冬天更让人难熬，冬天一家人可以围着大灶猫冬，而夏天则是一年中农事最繁忙的时节，人们不得不顶着烈日辛勤劳作。劳动之余，只好苦中作乐。大人、小孩，甚至水牛、猪、狗都会泡在水塘里，凉快凉快，直到太阳落山。泡水塘是个技术活，人们不是简单地泡在水里，而是把竹板床放在水塘里，躺在竹床上，既不沉下去，整个身体又能没在水里，露一张脸在水外面，像头河马，惬意得很，水平高的还可以躺在水上呼呼睡上一觉。这个技术我练了好几年，一直不得要领，每次都是连人带床覆于水中，只好趴在竹床上。

小孩子们精力旺盛，泡水塘时喜欢爬到水牛背上，让牛带着到处游，可恶的是经常会被牛虻叮咬，又红又肿的大包会痛痒五六天，十分难受。我们每个人都被叮咬过无数次。实在没有牛骑的时候，就会趴在猪背上，把猪折腾得够呛。

炎热的晚上，各家都搬出竹床在屋外乘凉，小孩子们基本上是赤裸着身子，男人们则光着膀子，最让我惊讶的是，许多中年妇女和老婆婆们也是光着上身，和家人一起乘凉聊天，有的还走巷串户，并无顾忌。现在细想起来也不奇怪，人们必须调整自己的行为方式以适应自然环境，日积月累便形成了习惯。

每到夏天，病人明显增多，家中屋里屋外人满为患，这季节奶奶就会带着弟弟去南昌或者景德镇住上一段时间。父亲常陪母亲出诊，哥哥则喜欢下田劳动，挣工分吃大锅饭，家里剩下我一个人，中午饭只能自理。第一次自己做饭至今难忘。母亲给我在锅里放好米装好水，说煮到水开后，打开盖，再煮到水干就熟了。到了中午煮饭时，我才发现自己不会生火，母亲也没有教，也许她认为这种事不用教自己就会。我学着哥哥平日生火的方法，在小泥炉子里架几根木柴，点着一张废纸放在木柴下面，可是我废了十几根火柴和十几张纸也没有把炉子点着，只好请有明的妈妈帮忙，才把火生着。煮饭的时候，一直恐惧火会熄灭，不断地用吹火桶吹火，炉火烧得旺旺的，自己也被熏得眼泪汪汪，很长时间未见米饭开锅，直到一股焦味飘出，开盖一看，饭都快烧成了黑炭。饭吃不成了，只好到自家菜园摘几根黄瓜充饥，脑袋又被毛虫刺了几个大包，真倒霉！这时特别盼着父母哥哥回来，能给我做顿饭吃。

奶奶夏天去城里住，不仅为了躲避家中病人多，更主要的是躲避农村夏天糟糕的卫生状况。造成农村恶劣卫生状况的一个重要原因是厕所的设置。

每家每户屋子边上都有一间厕所，这里厕所大多数建得像个小吊脚楼，下面埋个大缸作便池，离地一尺左右铺上两块木板做蹲板，三面用木板围着，另一面是门敞开着，上面用稻草盖个遮雨的顶，这就是标准的厕所。之所以做成吊脚楼式，一是为了在下面掏粪方便，二也是为了蹲坑的人离地高一些，以免虫蛇的侵扰。然而，每家每户敞开的便池，到了夏天，时时泛出臭气，蚊蝇滋生，疾病蔓延。那时农村人上厕所和城里人也不太一样，很少用手纸，只是掰几根树枝，讲究的用蓖麻树枝，因为蓖麻树枝剥了皮又光又白，很好用。小孩子更不讲究，便完后撅起屁股，让狗舔舔就了事。

《左传》中就有"晋侯如厕，陷而卒"的记载，晋侯是如何陷于厕的我不知道，我的小伙伴们常陷于厕，有的是因为蹲板不固定，有的则是因为下面有猪或者狗拱屁股，左躲右闪之间不小心而陷。到了二十世纪七十年代的中国农村，仍然有不少因如厕而陷者。

如果农村厕所的问题解决了，新农村建设就成功了一半。

耕 作

中国农耕文明延绵了几千年,人们发明了许多农耕技术,有一套完备的农田管理方法。游沭塘所在的鄱阳湖平原,是著名的鱼米之乡,农耕文化十分发达,人们的农业管理和技术都十分精湛,自古以来就是江南富庶之地。

那些农业生产工具以及工具的使用方式,总是吸引着我的好奇心。我最爱看耕田和耙田,耕田是要把田土翻个个儿,牛拉着犁,人在后面扶犁赶牛。开春的时候,每块地都要翻,尤其是种植水稻的田地。冬天土地闲的时候种下的红花草籽,这时已经长成了一望无际的红花,在江南微寒而又晴朗的天气里,显得十分明丽,没有半点娇媚之态。每当有邻居去翻红花草时,总有几个孩子跟着,看着大人扶犁赶牛耕田,把一片片红花草翻到水田里做肥料。孩子们一是学习耕地,怎样扶犁，从田的哪个地方开始，如何吆喝牛等等；二是拿着竹筐，一旦牛要排便就接着，好拿回去晒干当柴火用，干牛粪烧的火比木材要旺；三是看热闹，因为有时牛也会犯脾气，怎么都不走，停下来吃田埂边的草，吃个没完，主人百般吆喝，也无济于事。真是牛脾气。

耕完了就要耙田，耙田是把耕完后大块的泥土耖耙成小块。耙田的农具是"而"字耙或"四"字耙，旱地多用"而"字耙，水田用"四"字耙。"四"字耙是个四字形的方木框，每条横木上钉上大铁钉，铁钉宽而钝，并不扎人，由牛拉着，人站在耙上，牵着牛。在水田里来回耖耙，把大块泥全部耖耙成小块为止。泥块耖耙得越小越好，所以勤快一些的农户会反复耖耙，这样泥土的墒情会好很多，地力也肥。干农活技术是一方面，勤劳最重要，天道酬勤一点也不假，这是几千年农耕文化的总结。耙地时，有时大人会让小孩站在四字耙上，学习学习。有几个邻居我们最喜欢，他们总是让我们轮流站在耙上过过瘾，作为回报，我们要去帮他摘些荆条柳条之类的，耙完地后，把它们扎在耙上，再耖耙几遍，这样一块水田就完全整理好了，土地从冬眠的状态苏醒过来，可以播种了。

那时插秧是个手工活。只有插秧这项农活男女可以一较高低，有时女人们插秧比男人强，又快又整齐。水田里经常有男女青年比赛插秧，快乐的声音此起彼伏，大概也有男女青年借此传情。我们都很喜欢这种场景。

插完秧一直到收割期间的农活主要是耘田。不管是水稻还是旱地作物，耘田是一项每天都要做的农活。耘田其实很简单，就是用锄头和钉子耙，把禾苗旁的土翻一翻，除除杂草。但耘田是一个细致活，日复一日，需要耐心。很多女人边耘田还能捡点螺蛳，水稻田的螺蛳大而肥，螺蛳炒辣椒是这个季节家常菜中的上品，家家都能享有。如果风调雨顺，加上辛勤耕耘，一定会有一个好收成。人们常说一年之计在于春，这个春是指整个春季每一天的辛苦劳动。

到了收割之时，鄱阳湖平原上的每个村庄，迎来了一年中最紧张最辛苦的日子就是双抢。抢收一季稻抢种二季稻，这是一段真正起早贪黑的日子，所有的劳力不分男女老少一起上阵，在短短的十来天里要把早稻收割完，耕地耙地，再种上晚稻。收割好的稻子要挑到晒谷场打谷脱粒晾晒入库。晒谷场此时是一年中最热闹的时候之一。晒谷场上放着许多打谷用的木制四方形大盆和木制吹风机。男人们多在田里收割、耕地耙地，妇女们则在打谷场上打谷脱粒，老人则干比较轻松的活，摇吹风机，吹谷除杂草。打谷是四个人站在方形木盆的各一边，手抓一大把稻谷，用力在木盆边缘上摔打稻株，把谷子从稻株上打下来。谷子和一些稻叶被一起打下来，人们就要从木盆里把这些谷子和稻叶混合物倒进吹风机里把叶子吹出来，谷子则落到下面的箩筐里，然后把一箩箩的谷子铺到晒谷场上晒干。打完谷子的稻草，还要平铺到一边的平地上，再用连枷打几遍，把稻株上剩余的谷子全部打下来，人们不会放弃一粒谷子。我最喜欢摇鼓风机和打连枷，但有些连枷太重举不起来，举起来也转不动。小孩子们多半在田里捡稻穗或帮着大人晒谷子。这是一个吃大锅饭的时节，所有人为了赶农时都要参加劳动，家中无人做饭。看着田里挥镰收割的人们，晒谷场上打谷吹谷的人们，田地里吆喝着牛耕地耙地的人们,穿梭在其间闲不住的孩子们,以及晒谷场边偷吃谷子的麻雀和被土狗撵得到处跑的鸡鸭,心里总能产生一种对美好生活的憧憬和热情。

大 锅 饭

双抢是农村最忙的时候,如果抢收抢种没有赶上季节,一年的收成就会减少一半。这个时候所有的人都被动员起来,所有的学校都放假,同学们都回家参加双抢劳动。哥哥也放假了,早晨五点就跟着大人出工了,七八点钟也没回家吃饭。我问母亲,父亲和哥哥为什么不回家吃饭,母亲说生产队会有大锅饭吃。听说有大锅饭吃我也想去,母亲说,你连镰刀都拿不动,还想吃大锅饭?

有天早晨,母亲背着药箱去田间巡诊,我便撺掇有明拿着镰刀去割稻子,以便混一顿大锅饭吃。我俩来到田边,大家都忙着低头弯腰割稻子,根本没空搭理我们,我俩便自己选了一块田,学着别人的样子拉开架势割稻子。没学过真不行,有明割得慢但能把稻子割断,只是有点浪费,因为下半段的稻草还留在田里，这样的草既没法做草帘子，也没法搓草绳。我握住一把稻子，割了几下都没割断，一用力，镰刀打滑，直接割开了自己的虎口，鲜血一下子喷了出来，我又疼又怕哭了起来，有明过来一看，说没事，直接从田里抓起一把污泥敷到我的伤口上，说你在边上歇着吧，没事了。我疼得受不了往家里走，半路上看见母亲正在田边为别人涂抹紫药水，我赶紧跑过去说手割伤了，母亲厉声问谁让你把污泥敷上去的？我撅着嘴没说话，母亲帮我把泥水洗掉，用酒精擦拭了几遍伤口，疼得我直跳脚，然后给伤口敷上药包扎好，让我回去待着。我刚到家，母亲也急忙跟了回来，给我打了一针破伤风，命令我不许乱跑，她自己又回田间去了。

想吃一碗大锅饭真不容易，主要是哥哥每天回来都说大锅饭如何如何香，真馋人。

机会终于来了，一天上午生产队长让每家每户的小孩去收割完稻子的田里拾稻穗。每个孩子都提着篮子，每两人负责一块田，要捡干净，队长会来检查，捡得干净的可以吃大锅饭。我和火才自由组合到一块田里，他提着一只拾稻穗的篮子，还背着一只小鱼篓，我问他为什么背鱼篓，他说拾稻穗时会碰到很多泥鳅，可以顺便抓一些泥鳅。我这才发现，只有我没有背鱼篓，大家都背了。田里的泥鳅可真不少，我们俩抓的泥鳅足足装了小半篓。泥鳅太难抓了，一定要眼疾手快，一眨眼它就钻进了泥里，再想抓住它，对我来说比登天还难。

稻穗总算捡干净了，队长招呼我们到一块空地上等着，一会儿送饭的就会过来。大家都高高兴兴地在田边的排水沟里洗了手，数着各自的泥鳅，等着大锅饭的到来。

远远地看见两个人挑着担子来了，一个担子装的是饭，另一个担子挑的是碗筷，放下两个装饭的大木桶，揭开上面的白布，哇，香味扑鼻而来，真香，比家里的饭香多了。每人一个大蓝边粗瓷碗，一双筷子，挑饭的人负责用木勺给人添饭，每个人都是满满一大碗饭加一筷子咸菜。大家吃得十分开心，有的小孩吃了三碗，我是眼大肚子小，一碗下去就已经不能动弹了，可是嘴巴还想吃，看见别人狼吞虎咽又要了第二碗。吃着、噎着、喘着，真好吃！

在游沭塘，大锅饭只有双抢的时候有，每天早晨中午两顿。下午收工的时候大家虽然很累，但没有大锅饭吃。那时的农村，每天晚上有一件事是必须做的——计工分。农民们拿着自己的工分本，到我家隔壁会计家里记工分。双抢的时候，哥哥也能拿上工分，每天，我都跟着他去看热闹。记工分时生产队长和会计都在，每个人记多少分由队长定，常常会有些农民和队长争执起来，会计只听队长的。青壮年劳力多半是八分以上，最高十分。哥哥每天都是两分，他很高兴，母亲说这是队长照顾他的，哥哥总在家里争辩，说他干了不少，还应该多拿一点。父母是下放干部，拿工资，所以即使下田劳动也不记工分。母亲在双抢时节每天都要去田间巡诊，父亲干什么我从来没见过，但也是早出晚归，后来听说父亲每天的工作是跟着公社主任或者大队书记在田间视察。

我就吃过那一顿大锅饭，但此后我常常与火才有明他们出去抓泥鳅，直到田地被翻过种上二季稻。抓来的泥鳅回家用水养三天，让它们吐尽肚子里的泥，然后用油一炸，加上辣椒姜蒜一炒，味道十分鲜美，还有一种享受自己劳动成果的自豪感。

水　塘

　　水塘边是村里最热闹的地方之一。一大早，水塘边就有人提水浇菜园，上午有村女洗衣服洗菜，下午也一样。到了夏天，孩子们整个白天都泡在水塘里。天太热了！

　　游沐塘的男孩子，凡是我这么大以及比我小的，到了夏天都是不穿衣服的，连一条短裤都不穿，赤身裸体到处野，我穿着衣裤都被他们笑话，说我没长那个。我无所谓，等到和大家出去玩耍，我才发现衣服是个累赘。大多数时间是在水塘里玩，采菱角、打猪草、抓团鱼，当地人称甲鱼为团鱼，有时还集体去赶水蛇，要干的事太多了，穿着衣服没法弄。我跟母亲提出过多次要求，不穿衣服，母亲坚决不同意，让我必须穿一条短裤，我也只好服从，只穿一条短裤，下水时脱了放在岸上，上来再穿上，可是还是有问题，有时大家会在别处上岸，我只能自己游回来，取了裤子举着，一只手游着去追赶队伍。倒是练水性。

我们夏天干的最多的是采菱角和打猪草。采菱角时，我们会到岸边拉上一条小船。水塘里有三四条小船，生产队的。划到塘中间有菱角的地方让它飘着，然后大家分头游着水寻找着菱角。菱角是长在一种水生藤上的，藤很密，要一根根理，菱角就挂在上面。菱角有两种，一种大的，城里人买来吃的那种，像个牛头两个弯角；另一种很小，四个角，很坚硬，一不小心就会被刺得手流血，人在藤蔓中游，也很容易被刺到身上。游沭塘的菱角多是后一种，小而刺坚，每次都要费劲找，一上午下来个个都"遍体鳞伤"。即使如此，大家仍然很高兴，总能有些收获。摘上来之后，就找一家大人不在的小伙伴里，把菱角放在锅里加上一瓢水，捅开灶灰，用吹火棍一吹，加上柴，火就起来了，煮好后大家找个地方——一般在塘坝头枫树下，快活地吃起来。

农村家里灶膛的火一般是不灭的，只是做完饭用灰埋着，明火变暗火，下顿饭时再捅开，先放一把草，用吹火棍一吹，明火就着了，再加柴即可。我第一次用吹火棍就把火吹灭了，因为没用草做引子，另外用力太大，把灶灰全吹出来了，吹得自己灰头土脸，差点被烫伤。

打猪草则一定要水性好。猪草的学名不清楚，它是一种长在水下泥里的草，猪最爱，吃了长得好。每到夏季，家家户户都要打猪草给猪吃。这种活儿都是孩子们的，至少两个人，一个在水下拔猪草，一个在水上扶着一块门板或竹床，装猪草。我和有志、有明、火才和有水，每个夏天都打很多次猪草。我和有水水性最好，我们俩潜到水下拔，其他几个在水面扶门板看着。装满一门板要用一两个小时。拔猪草是个体力活，水下拔的两个很累，水上扶的三个很轻松。有一次有水发火了，说你们三个不好好看着，猪草漂掉了很多，不干了，让他们干。我也累了，有明和火才下去拔，有志水性差一点，而且自认为是领导，只负责指挥。拔了一门板后，我们准备回家，可是很久没见有明上来，我们四个人赶紧潜下去找，很久都没找到，我和火才、有水游上来喘气，却看见有明在岸上嘲笑我们，原来这家伙悄悄潜了回去。可半天没见有志上来，我们喊有明，"看见有志没有？"有明说没看见。糟了！有志没上来！我们三个再次潜入水中找有志。这时有明在岸喊人来救命，很快来了几个汉子，和我们一起，找到有志，拉上岸来，已经不省人事。有人把我母亲叫到塘边，母亲赶紧给他做人工呼吸，同时叫人赶紧去拿一个热铁锅来。母亲把有志翻过来，让他肚子压在热铁锅上，有节奏地按压，一会儿，有志一口水吐了出来，慢慢缓了过来，有志闯过来了，还活着！

从此，有志再也不敢下水了，成了旱鸭子，还是喜欢指挥，不过只能在岸上喊喊，不起作用了。有明回家被生产队长用扁担狠狠地揍了一顿。在农村，老子打儿子是天经地义的事情，游沐塘的父亲们打儿子时，常常念着一句温柔的口头禅"老子一扁担摸死你！"有明被他老子摸了之后，腿拐了好几天，但仍然没改喜欢使坏的秉性。

晚上我们不太敢去水塘边，因为这一带有个迷信传说，谁家里有病人，晚上家里人就会去水塘边为病人叫魂。叫魂的人出家门开始叫："XXX，快回来哟——！"一路叫到水塘边，然后在水塘边叫很长时间，再一路叫回来，直到进家门。

空旷安静没有光的夜里，一声声凄凉的叫魂声，让人望而却步。

雨 天

春夏时节最多的天气就是雨天，大雨、小雨、中雨、毛毛雨和雷暴雨，似乎每天都在下。若是暴雨将至，天空乌云翻滚，狂风骤至，白天如黑夜一般。人们纷纷收工回家，四野空无一人，像末日来临。所有的人都会静悄悄地待在家里，等待天空中第一道闪电和第一声响雷，接下来便是排山倒海般的雨水倾盆而下。站在屋门口，五米外的东西都看不见，一道水墙完完全全把你与世界隔开，十分无助。我和弟弟常常躲在家里的八仙桌下，听着雷电和暴雨敲打瓦片的声音，感觉天地即将崩裂。每次下雷暴雨，屋顶肯定就会有某处漏雨，因为狂风总会吹走几片瓦。雨后家家户户的男人们都会爬上屋顶，把漏的地方的瓦码放好或补上几块新瓦。也因为雨水多，白天光线暗，每家屋顶都会码几块明瓦，以便屋内有些光亮。

　　大雨过后，各家劳力扛着锄头赶快去田里，把倒下的秧、禾扶起来，耘耘田。若是秧苗刚插下的时节，还要补补秧。农田管理是个很细致的活儿，中国人的细心可能就是从田间管理中养成的。妇女们这时则会去家里的菜地，看看有没有倒掉或吹断的菜，捡回来。孩子们一般跟着母亲去菜园捡菜或是把菜园里的积水排出去，用小铲子整理整理菜园，耘耘土。

　　这种雨天最高兴的是鸭子，它们不怕大雨，在雨中总能听到它们难听的欢呼声，看得出来这帮家伙的祖先是生活在水里的，不知何时被人类圈到陆上来了，难怪它们的叫声会那样声嘶力竭。它们喜欢这种大雨还有一个原因，大雨会把土下的蚯蚓逼出来，供它们享用。

　　中雨和小雨对游沭塘的人们来说没有影响，劳动生活一切照常，当然各种雨具是不可或缺的。雨伞很少见，只有几家人有油纸雨伞，若是大到暴雨，这种伞肯定会被戳几个洞。我见到的基本上都是有破洞的油纸伞。油布伞只有我家有一把，这把伞有时也会被人借去串亲戚时撑面子用。那个年代，人们用的是斗笠和蓑衣，下小雨时去田里看，一派古风，人人都戴着斗笠、披着蓑衣在耘田，很有诗意。

斗笠是棕叶和竹子编的，也有棕毛和竹子编的，这种更高级，更防雨。斗笠大小规格很多，以适合不同人群。蓑衣则是用棕树上的棕毛编的，防雨性能很好，一般家庭只有一两件蓑衣，谁出门谁穿。把斗笠一戴，蓑衣一穿，确实防雨，就是有点沉，还有一个缺点，蓑衣基本只管得住上身，下身管不住。那时江南雨天最典型的农民形象是，戴斗笠，穿蓑衣，扛锄头，绾裤腿，打赤脚，行走在田埂上。自古如此。

小孩雨天上学，除了戴小斗笠，穿小蓑衣，还有一件东西，是我以前从没见过，也从没想到过的，就是每人一副小高跷。为了不湿鞋和裤子，不管男生女生，都踩着高跷上学，即使有些小孩打着赤脚，也喜欢采着高跷去上学。高跷很简单：一根硬木棍，上面一握把儿，下面是铁钉，类似马掌的中间嵌一木踏板。他们水平很高，行走奔跑很自如。高跷越高越难掌握，那些厉害的家伙都踩着高脚高跷，趾高气扬。我父母不让我们踩高跷上学，可这不仅是一种雨具，也是一种很好的玩具，我和哥哥要求父母给我们也打一副，父亲不知从哪儿给我们各打了一副，没事的时候，我们俩就在土场上苦练踩高跷本领，哥哥进步很快，不久就可以踩高跷去西湖村上学了，那可是很远的地方，上坡下坡，过桥走塘坝，弄不好会滚到水塘里。我则不行，手上没劲，握不住，练了很长时间，大晴天走平地都磕磕绊绊。半年过去，我觉得自己练的基本可以上学校去了，便盼着下一场不大不小的雨，好一试身手。终于等来了一场小雨，路上没有积水，但有些泥泞，我便向母亲申请踩高跷上学，母亲说路上没有积水穿上套鞋就行了，我说路上泥巴很多，会搞脏了鞋和裤子，母亲便答应了。这是我第一次在雨水里全副武装去上学，出了门，踩上高跷，出门不到十米，就是一段青石板路，很滑，糟糕的是我没在青石板上练过，更没演习过，刚上青石板路就感到下面的铁钉打滑，把握不住，再走一步，高跷在青石板上，一前一后向不同方向滑，扑通一下，我就倒在地上，一身都是泥水，屁股坐在石板上，摔得不轻，我挣扎着爬起来，收拾起高跷，狼狈地回到家里，待了一天，学也没上成。母亲说没练好就不要逞强，以后好好练。真让人沮丧！

　　毛毛雨天，农民们最喜欢的是扳筝网鱼，筝网是一种捕鱼的网具，一张正方形网，四个角由十字交叉的两根长竹端口绑着，两竹交叉处绑在一根粗长竹棍一端，并绑有一根粗绳，绳上另一端则由人来掌控。捕鱼时把网放在水里，粗竹棍一头放在岸边，渔夫手握着绳的一端，撒些饵料在网中，有鱼游过来吃饵，便用脚抵着粗竹，作为支点，手拉绳子扳起网，这时网的四个角先扳起，网形成一个袋状，中间的鱼就无处可逃了。毛毛雨天天气闷，鱼会浮到水面透气，这是用筝捕鱼的最好时机，水塘边会有不少扳筝的人，他们戴着斗笠，穿着蓑衣，叼着烟斗，坐在水塘边，不紧不慢地看着水面，似乎不是为了捕鱼，而是休息是放松，因为他们的眼睛常常不看水面，而是看着远方。我喜欢看扳筝，更喜欢看这种场景，看农夫们悠闲地吸着烟斗，慢慢地点着烟丝，神情放松地看着田野，有一筝没一筝地扳着。这是农夫难得的惬意时光。

捕 鱼

鄱阳湖区水系发达，河网湖泊相通相连，鱼虾很多。七十年代初的游沐塘，一般的捕鱼和捉虾不能算是技术活儿，有水的地方就有大量的鱼虾。

水塘和水沟是孩子们最喜欢玩耍的地方，而抓鱼又是其最喜欢的内容。这里的鱼种类很多，鲤鱼、草鱼、鲫鱼最多，鲶鱼、黑鱼、黄丫头、鳝鱼、甲鱼（当地叫团鱼）也不少，我们这些孩子抓鱼基本上是两种方式，一种是用抄网到水塘边去抄鱼，因为鱼多，只要稍有耐心一会儿就能抄上几条半斤八两的鱼；另一种方式是到水田边去抓，用泥巴把两米左右长的一段灌溉水沟两头一堵，把里边的水排干，在泥里肯定能有几条二三两重的小鲫鱼。我们上学的时候，除了牵上牛去教室，每个人还会带一个小抄网，一下课，就跑向水塘和田野，放牛的放牛，抓鱼的抓鱼。抓鱼并不是为了吃，而是玩，比赛，看谁抓得多，上课铃一响，又会把鱼放回水沟里。那时的鱼真多，经常能看见猫在水塘边和水沟旁，用爪子在水里抓弄，也能捞上几条小鱼，美餐一顿。

抓鳝鱼是个技术活儿，鳝鱼常常待在田埂下面的洞穴里，到了春夏天，像哥哥那么大的十来岁的孩子就会结伙去抓鳝鱼。鳝鱼一个人抓不了，因为洞穴两头是通的，没有两个人在田埂下洞穴两头都守住，它不一定从哪头钻出来。先要到田埂上去找洞穴，看有没有泡沫的地方，如果有，两个人就会分别用手作钳状光伸向两边洞口，然后在上方踩踏松软的田埂，鳝鱼就会游出，一露头就要钳住鳝鱼的头把它拉出来。找洞穴看泡沫要有经验，有些泡沫是螃蟹洞和蛇洞里冒出来的。常常看见有人把蛇从洞里拉出来，大叫一声赶紧扔掉。最要技术的是用手钳鳝鱼头，鳝鱼很滑，不容易钳住，有时钳松了它又缩了回去。这方面的高手并不多，有那么公认的几位。人们一旦遇到抓不出来的鳝鱼时，就会找高手帮忙，这时高手们就会很有面子地挽起袖子，把手伸到水下的洞穴边，三下两下准能把鳝鱼拉出来，这时站在田埂边的人都大声欢呼，高手们会举起鳝鱼向大家致意。火才的哥哥是高手之一，他即使拉出蛇来也毫无畏惧，照样向大家致意，然后将蛇远远地甩出去。他最喜欢干的事是抓蛇或到蛇洞里抓石鸡——一种与蛇混居的黑色的蛙，据说营养丰富，是农村人饭桌上的佳肴。

鲶鱼和黑鱼我们这些小孩是抓不到的，它一般待在水塘和水沟的淤泥里，手一碰就滑走了。有一次我和哥哥跟着火才和他哥哥去抓鲶鱼的经历，让我至今难忘。冬天水田里长满了红花草，看上去暖暖的一片，可田里的水则是冰冷刺骨。我们先都脱了鞋袜，卷起棉裤，赤脚下到田里，然后在淤泥里用脚摸索鲶鱼，因为鲶鱼会静静地待在红花草深处的泥里。我不敢使劲踩那些淤泥，怕被鲶鱼咬一口，因为常常听人说鲶鱼是鱼精，会咬人。我希望鲶鱼不会出现。这时火才哥说踩出来了一条，哥哥也说踩到了一条。大家兴奋起来，踩到了鲶鱼就要把鱼赶着游起来，才好下手。我们在水沟的一个端口放置了一个专门捕鲶鱼的口小肚子大的黑色竹笼子。我们四个人的任务就是把鲶鱼赶到那条直通竹笼子的沟道里。我们驱赶了一个多小时,终于有一条鲶鱼游进了沟道里,我们四个人赶紧各把住一个出口。这条鲶鱼慢慢地不死心地向那个竹笼游去,游到笼口,突然一个转身,以极快的速度往回游,冲出了我这边的防线。哥哥和火才的哥哥都骂我是笨蛋,取消了我抓鲶鱼的资格,我十分委屈。回到田埂上,这才发现脚流血了,不知是被撞的还是被咬的。他们三人折腾了一上午,也没抓住一条,我深感欣慰。当然,在此后的时间里,我哥总说那条鱼是因为我的功夫不到位而跑掉的,以至于至今我们都没能亲手抓到过一条鲶鱼。

捕甲鱼的方法很多,有钓、叉,也有网捕。用钢叉的方法很刺激,七八个人在水塘里围成一圈,有节奏地拍打水面,发出"嘭嘭"的响声,如果这一圈中,有水泡从水底冒出,说明有甲鱼,大家就会接着拍,一个公认的高手就会手持钢叉,奋力对准冒泡的地方刺下去,一只甲鱼就有可能会被刺上来。水塘很深,大家一般都边踩水边拍打,所以使钢叉的家伙在力量、水性和精准度、经验方面都是出类拔萃的,他常常是姑娘们追逐的对象。

甲鱼很笨，钓甲鱼时，不用钩，只在鱼线上绑一条小鱼即可。一旦咬住鱼饵，甲鱼死都不会松口。在甲鱼多的地方钓，一天能钓上好几只。现在甲鱼不用钓了，都是养的。

我们对甲鱼并不感兴趣，那时没多少人吃甲鱼，倒是我们这些孩子没事干，经常偷甲鱼蛋。甲鱼一般都会在水塘边找个灌木丛下，生下一窝蛋，每窝都有十几二十个，我们就去灌木丛中扒拉，看到了就拿回去煮了吃。味道很好，几乎都是蛋黄。有一次我给弟弟吃了一个，他吃着吃着就眯上了眼睛，不知道是好吃还是不好吃的意思。母亲每次都要谴责我，现在想起来很不道德。孩子们每天都会结伙玩耍，这儿转转那儿转转，采桑葚、拔竹笋、挖蚯蚓、撵土狗，遇到什么就干什么，遇到了甲鱼蛋，自然不会放过。

青 蛙

夏天的晚上,有两样东西最吸引孩子们,一样是成群的萤火虫,一样是哇哇直叫的哇鸣,也算是有声有色。伸手不见五指的黑夜,到处飘飞的萤火虫有时是唯一的光点,每个孩子都会找个玻璃瓶,抓几只萤火虫关在里面,带回家赏玩,睡前在被窝里,看看它发出的一闪一闪微弱的光入睡。

在鄱阳湖滨的农村,人们除了耕作和捕鱼,还有一些技巧是孩子们从小就开始学习实践的,钓青蛙、采竹笋就是典型的孩子们干的活。青蛙在稻田里最多,它吃稻田里的昆虫,这些昆虫吃禾苗。母亲常说青蛙是益虫,对水稻的生长有好处,不要去捕青蛙,可我每次看到别的孩子钓青蛙就手痒,偷偷地跟着火才、有明他们一起去。钓到的青蛙不敢拿回来,都给了他俩 。家家户户的孩子都会背着小篓,手持竹竿去钓青蛙。钓青蛙很简单，在竹竿上绑一根细绳，在绳的另一端绑一只小蛙，把它垂到茂密的水稻里，不断轻轻抖动杆子，让小蛙作跳动状，青蛙一看有动静，就会扑过来一口咬住小蛙，而且咬住就不放，这时，你只需提起杆子，把青蛙往篓子里一放，齐活。有时甚至无须小蛙作诱饵，一根绳子就能钓上许多青蛙，不知青蛙为何如此不讲究。钓青蛙也很危险，在茂密的禾田里，看不见是什么咬诱饵，常常会提起一条蛇，遇到这种情况一般都会吓得把杆子扔了。田埂下也常有蛇出没，打着赤脚长时间站在田埂上专注地钓青蛙，蛇有时会爬到你脚板上，让人毛骨悚然。

青蛙很多，从田埂上走过去，不时有青蛙从脚边跳进田里。青蛙繁殖能力很强，但它的天敌也很多，除了人以外，蛇和蟾蜍都吃青蛙。在阴湿的墙边。经常能看见蟾蜍在捕捉小青蛙。生物链就是这样。

养蝌蚪也是童年的最爱。春天里，孩子们除了养蚕，还喜欢养蝌蚪。养蚕有生活和生存价值，而养蝌蚪纯属好奇。不像城里的孩子，拿个小瓶养几只蝌蚪，游沐塘的孩子用小木盆养一盆蝌蚪，看着它们长大，成蛙，然后把它们放掉。这种蝌蚪的成长过程十分吸引孩子。每天放学回来，必定是要先看看这些蝌蚪，长成什么样子了。孩子们都想看看，一条尾巴是怎样长成四条腿的，太神了。我养的蝌蚪成了弟弟捉弄的对象，他常把蝌蚪装进玻璃瓶，使劲摇，然后又倒入盆里，看蝌蚪的反应，蝌蚪常被他搞得半死不活。

还有两种蛙也是人们捕捉的对象，一种是身上长着虎斑的蛙，个头比青蛙大，水田里并不多，多在丘陵草丛中，可以捉也可以钓。另一种当地人叫石鸡，个头比青蛙大很多，全身黑灰色，常与蛇同穴，一般人逮不着。石鸡多生长在山里，尤其是有溪水流过的山里。人们都是晚上捕捉石鸡。当时农村手电筒都很少，捕蛙者白天会把浸泡晒干后的向日葵杆，沿小溪隔一段放一根，以便晚上照明用。到了晚上，捕蛙者顺着白天布置好的线路，点上向日葵杆当火把向前走。石鸡夜间出来活动，而且喜欢站在小溪中突出的石头上张望。它的致命弱点是见到光就不动。捕蛙者一旦见到石鸡，它就已经成了囊中之物。当然也有危险，石鸡常和一种叫五步倒的蛇伴行，一旦见到石鸡，有经验的捕蛙者会立即用眼睛搜索五步倒，见到五步倒，他们会迅速用柴刀在蛇身上某个部位一拍，蛇就不会动了，五步蛇也成了他的猎物。抓石鸡的人都是捕蛇高手。真正的石鸡快被人捕光了。

买 豆 腐

在游沭塘，遇见蛇是再平常不过的事，在菜园摘菜，在田埂上走路，在竹林里拔笋，在水塘边洗衣服，可以说在任何地方随时都可能与蛇相遇，在这里生活的人们，从小就能获得许多关于蛇的知识。

拔竹笋是妇女和孩子们都要干的活，初春时节，万物复苏，但此时菜园里仍是青黄不接。餐桌上的菜只有咸鱼和咸菜。竹林里的小竹笋为人们提供了良好的维生素和粗纤维。用腊肉一炒味道非常鲜美。家家户户都会去拔竹笋。游沭塘这里都是些小丘陵，没有大竹林，只一簇簇地生长些小竹林，笋也不用挖，而是拔。拔竹笋要挑选，短了不行，没料，太嫩。长了不行，太硬，没法嚼，要拔那种长短粗细恰到好处的小笋。一般三四岁的孩子就跟着母亲去山岗竹林拔笋，到了五六岁就会自己拔了。初来游沭塘的一天,有明有志邀我去塘坝头东边的山冈拔竹笋,这是一个雨后的阴天,我们拔了小半篮竹笋后,来到一簇很密的竹丛里,钻进去一看,好家伙,一根根十分标致的笋长了满地,我们三人贪婪地忙开了。一滴水珠滴到有志光光的脑袋上,他一抬头,大叫一声"蛇",连滚带爬钻出了竹林,我们俩也不顾一切地滚下了土坡,跑了一段回头看着竹林,"哪有蛇呀?"有明不满道。有志说:"就在我头上方。"我们三个人装笋的篮子都在竹丛里,想去拿又不敢靠近,有志说我们用泥团把蛇从竹子上打下来再取。于是三人忙着捏泥巴往竹丛里打,不一会儿,一条绿色的蛇从竹丛里爬了出来,直奔我们这个方向而来,我们三个人又是一阵疯狂逃窜,跑了二三十米到了塘坝头,回头看看,蛇没追来,舒了口气。谁都没有勇气再回去拿篮子了,白费了半天。回到家,有志挨了他父亲训斥,说碰到蛇不许打,只能用竹鞭和铜锣驱赶,否则这辈子就会受到蛇的攻击。

如何避开蛇也是农村的生存技巧之一。大人们一般都知道什么地方蛇多。我获得的知识中,田埂下洞穴里小蛇多,土丘和小山冈的陡坡下草灌丛中大蛇多，石头缝和很密的竹林中也常有蛇潜着，蛇还喜欢缠在苦楝树上，也喜欢盘在长满灌丛的水塘边等等，这些都是经验，并在每天的生活中得到印证。一个有经验的农民生存能力非常强，他们并不怕蛇之类的东西，虽然打着赤脚或只穿着草鞋，从容地在田野和山冈上走着劳动着。似乎这些东西反而怕他们。比如遇到蛇，他们只需拿着竹鞭在空中挥几下，发出呜呜的声音，蛇自己就会让开。他们有一个良好的传统，不轻易打蛇，而是善意地让它们走开。也许这是几千年来形成的人与自然的一种和谐的生存方式。

我对蛇一直都很恐惧，尽管经常遇到。真正让我对蛇不再特别恐惧是一次买豆腐的经历。那是个夏天，父亲的一位老朋友要从很远的地方来游沐塘看望我们全家，那个年代这是令全家激动和兴奋的事情，父母提前几天就开始准备，猪肉和豆腐要出去买，其他如鱼和菜当天就可以自己动手弄来。豆腐要到油墩街才能买到，而且每天数量有限，早七点左右就没了。哥哥已经去公社中学读书，每月只回来一次，父亲要在家作准备，母亲则是开诊看病，只有我这个劳力可用。我是百般不愿意，因为早晨五点就要起床，路途很远，我一个人从未走过，尤其是路上要穿过一大片树林，蛇经常出没，有个精神病人还经常隐避在树林打劫路人。我说了很多理由，父母还是坚持要我去，说你都七岁了，这点事都干不了，你看农村的孩子，比你能干多了。没办法，早晨五点，我拿着小篮子，穿着被缝上口袋的短裤，口袋里有三毛五分钱，如此是以防精神病人打劫，手拿着一根加长了的竹鞭，父亲特意给我准备防蛇用的。怀着不安的心情，迎着晨光踏着露水买豆腐去。一路都想遇上个去公社办事的大人，我就跟着他，可是过了严家，这个人还没出现，再往前就是树林，犹豫了几分钟后，决定独闯大树林。有点悲壮，无非就是蛇和精神病人。此刻还有点悲愤，为什么让我一个人来！

我警惕地走过了树林的一半路啊！既没遇到蛇，也没遇到精神病，虽然手心脚心都出着虚汗，仍然暗自庆幸。正想着，看见一条大蛇盘在路中间，似乎睡着了，挡住了去路。我战战兢兢拿起竹鞭甩，老天爷，这个竹鞭太长，是大人用的，我根本甩不出"呜呜"的声音来，甩了几下，都没声音。这时蛇似乎醒了，头抬了起来，我头发一下就竖了起来，下意识地边盯着它边往后退，退的时候脚下一滑，一屁股坐在泥巴路上，篮子也掉了，鞭子也丢了，爬起来往回狂跑，脑子一片空白跑出了树林，我茫然地待在那里，想哭又哭不出来，想回家又没法交代，客人远道而来，连豆腐都吃不上，自尊心也受不了。可往前大蛇横在路上，怎么办，愣了很长时间，也没个人来一同走，只好在路边拾了一根小竹鞭，自己试了试能甩响，义无反顾地再次走进树林。篮子还在，长鞭也在，蛇也在，我拾起篮子，怀着一定要买到豆腐的使命感，挥着小竹鞭，呜呜地响着，我暗下决心，只要蛇敢过来，就一鞭抽下它的头。蛇慢慢地把盘着的身子松开，向着树林里不情愿地爬去，等它完全爬进树林，我飞快地跑过了这一关，一直跑到快出树林，又是一条蛇盘在路上，似乎也睡着了，这次不在中间，而是靠近左边，我开始挥着竹鞭，挥了十几次蛇都没动静，可能睡得太沉了。此时林中突然传来狰狞的笑声，还带着铁链的声音，精神病人！我听说过这个病人脚上手上都带着铁链。又是一阵狰狞声,我顾不得蛇了,用此生最快的速度从路右边跑出了树林,一路头发竖着跑到了油墩街豆腐坊。还好豆腐还剩两板,我把三毛五分钱全买了豆腐。本来五分钱是母亲奖励我买油条吃的,回来时提着豆腐我没敢一个人穿过树林,而是跟着一个大人一起过树林。精神病人还在树林游荡,不时发出怪声,但有一个大人在,他似乎不敢上前,我顺利地回到了家。母亲赞扬我是"勇敢的孩子"!这个荣誉来得真不容易。

唐 诗

读唐诗的起因很复杂也很简单。简单是因有一天父亲陪母亲去湾里村出诊,回来得早,就顺路到村小学看看我在学校的情况,恰好赶上学校唯一的老师家里有事没来,一二三年级三个班都自习。在我们村里的小学,自习就意味着自由,尤其是老师不在校时的自习,更是海阔天空。父母到村大礼堂兼学校的大房子门口往里一看,好家伙,有的学生在围着桌椅追赶,有的从舞台上跳上跳下比赛,有的在打架吵架,牛也在礼堂里哞哞乱叫,父母在礼堂里没找到我,转到学校外侧里的水田边,看我正和一帮同学堵水沟抓鱼,干得热火朝天。父亲问为什么不上课,我说没老师,又问为什么不自习,我说这就是自习,父母相视无言。

回到家里,父母把哥哥、我以及一岁左右的弟弟叫到一起，开了一个家庭会议，对我在学校的表现进行了严肃的批评，表扬了哥哥，因为他在学校的成绩基本都是 100 分，同时宣布，明天开始，每天学唐诗，每星期背一首唐诗，写一张字帖。

唐诗宋词天天听大人说，具体唐诗是什么我并不清楚，那个年代在书店、家里、学校也都没接触过。

家里下放时带来几个神秘的箱子，从一开始就放在老屋的阁楼上，上了锁，只有父母和哥哥有时上阁楼翻翻，我天天玩都玩不过来，也没想过里面放着什么。

第二天吃完晚饭，一家人都在，父亲关上门，点上煤油灯，爬上阁楼打开一个箱子，拿出两本书。大家围坐在八仙桌旁，父亲把书放在桌上，一本《千家诗》，一本字帖，欧阳询的《九成宫》，说从今天起，学《千家诗》，写欧阳询的九成宫贴。我是一万个不乐意，原本每天晚上活动不少，现在野不成了，这怎么办。父亲坐在八仙桌上座，严厉地说，每天在家读诗写字一小时，一个星期背不出一首诗，写不好一张字，就不准出去玩，尤其是我。这下摊上大事了。

第一首诗是程颢的《春日偶成》:"云淡风轻近午天,傍花随柳过前川。时人不识余心乐,将谓偷闲学少年"。每天晚饭后,父亲讲解完我们都要背好多遍,到了周六,父亲检查,哥哥勉强背了下来。轮到我,只背了"春日偶成"几个字,下面四句几乎是在父亲的逐字提示下说出来的。一点都不理解,也就勉强背诵,当然每天心不在焉,背的时候耳朵总听着门外,有没有小伙伴来找。哥哥过关了,学下一首,我则继续"春日偶成",第二周情况好些,但依然需要提示。母亲更懂孩子,母亲对父亲说孩子还小,可以先挑选一些简单的学。于是第三周,父亲改变原先按顺序来的教法,从五言绝句开始,也不限于《千家诗》。第一首是李白的《静夜思》:"床前明月光,疑是地上霜,举头望明月,低头思故乡"。文字简洁,意思好懂,背起来就不显得太难,父亲同时还讲了许多大诗人李白的故事,这样一来,我们的学习渐入佳境。这周顺利过关,连一岁多的弟弟也会"床前明月光"了。第二首是孟浩然的《春眠》:"春眠不觉晓,处处闻啼鸟。夜来风雨声,花落知多少"。这多像我们当时的生活呀,父亲结合我们的生活，情景交融地讲解，确实让我们大受裨益，也似乎慢慢地懂了些诗歌，喜欢上了唐诗。由于这样由浅入深出地学习和讲这些诗人的故事，我们那几年的确背了许多唐诗宋诗，也学习了不少唐宋的历史人物知识。有些与我们当时生活关系紧密的诗，就记得更牢固，如范成大的《田家》：

昼出耘田夜绩麻，村庄儿女各当家。
童孙未解供耕织，也傍桑阴学种瓜。

翁卷的《村居即事》：

绿遍山原白满川，子规声里雨如烟。
乡村四月闲人少，才了蚕桑又插田。

这些诗歌中的耕田、绩麻、桑树、种瓜、子规、插秧等等，都是我们日常生活的一部分，读起来了有感觉也有感情。还有些句子如杜甫的"两只黄鹂鸣翠柳，一行白鹭上青天"，杜牧的"清明时节雨纷纷，路上行人欲断魂"，王驾的"家家扶得醉人归" 曹幽的"青草池塘独听蛙"，这些生活中常常发生的，用诗一概括，让人感觉很美，很陶冶人，尤其对孩子的心灵。当然也有些当时无法理解的，死记硬背的句子，如韩愈的"天街小雨润如酥"，这个"酥"我怎么都无法理解，在我的概念中，"酥"就是九江酥糖的"酥"，那个小雨怎么会像酥糖呢？这样的情况其实很多，所以许多诗当时会背了，可时间一长，现在连一个字都不记得了。

慢慢我知道了，阁楼上几个箱子装的都是书。母亲说，下放前，因为父亲是中文系老师，红卫兵来抄家，大部分书籍都被抄走烧了，父亲把一些书藏起来带到了游沐塘，放在阁楼上不敢拿出来。有一次父亲不在家，母亲带我爬上阁楼偷看一眼藏书，都是些父亲谋生的书籍：古代汉语、古典文学、说文解字、唐诗宋词、论语、楚辞、诸子百家等等，我最喜欢其中一本《楚辞》，因为包装得很精美。包装也很重要。

父亲教孩子唐诗虽然是吃饭后关门讲，不让外人知道，但仍然吸引了一小批在游沐塘下放的上海知青，他们常常晚饭后来我们家串门,他们很渴望学点知识,父亲答应,白天劳动完后,晚上到我们家,听讲解唐诗。

  唐宋时代之所以为中国人传颂,不仅是因为物质上的强大,更重要的是在那个时代,中华文化和中国人的精神境界升华到了一个前所未有的高峰,充满了人文关怀和昂扬向上的精气神,至今屹立在中华历史的巅峰之上,让后世景仰追寻。父亲本身就是学中文的,自觉对中华文化的传播有一份匹夫之责,用唐诗宋词对孩子进行启蒙教育,在孩子的心灵层面,确实会产生不小的正面的影响,也是对孩子负责任。

苦 槠

游沐塘树木很多，我喜爱塘坝头的枫树，村后树林里的几棵高大的苦槠树和几棵大樟树。苦槠树很粗，很圆，很高大，树皮是黑色，树冠是圆球形，树叶很密，给人壮硕结实的感觉。母亲也很喜欢苦槠树，她没事的时候，常常带着我们仨兄弟去村后那棵最大的苦槠下走走看看，我们一年四季都会和母亲去看望它，因为它四季都是绿的，伟岸的身躯和巨大的树冠出类拔萃，格外引人注目。对孩子来说，也是一种陶冶和滋养。

每年秋天，是苦槠树结果的时节，母亲就会带着我们去打苦槠子，当地人叫栗子，栗子拿回去可以做栗子豆腐。母亲扶着坐在自行车上的弟弟，我拿着竹竿和篮子，哥哥扛着梯子，到长满栗子的树下，竖好梯子，哥哥拿着竹竿爬上梯子，一颗颗栗子被打下来，我则忙着在地上捡，不一会儿就能捡满一篮子，再换一空篮子，再装满。母亲指挥着哥哥往哪打，哪的熟透，栗子掉下来打到我头上，痒痒的，我故意呦呦叫，母亲和弟弟则高兴得大笑，哥哥打得更起劲。那种快乐的日子真让人永生难忘。

苦槠打回来要晒几天，晒裂壳取出果肉，然后放在水里浸泡，浸泡完后就是我最喜欢干的一道工序即磨浆，我和哥哥把家里的小石磨抬到厅堂，母亲在上面加栗子果肉，我和哥哥轮流转磨，褐色的果浆从磨下流出，散发出一种苦苦的清香，很好闻，闻到这种香味，我们都不由自主地发出满意的微笑，站在站桶里的弟弟，脸上也有一些愉快的表情。磨出浆后，母亲会把它倒进垫有大块纱布的铝锅里，抬起纱布，把浆过滤一遍，然后把盛着栗浆的铝锅放到炉上加热，边加热边搅，一会儿浆就像藕粉一样凝固了。这时端下来，冷却后用小刀切成块，放入另外一个盛满凉水的锅里，反复浸泡轻漂，这样一锅切成块的栗子豆腐就做好了。母亲会马上拿出几个碗，每人一碗，加上薄荷水和糖，哥哥和我每吃一口，就会"哇嚓嚓"（当地人用的感叹语）地感叹一声，真是沁人心脾！这是自己做的，尤为爽快。母亲喂给弟弟吃，他总是露出快乐的表情，与吃甲蛋时的表情完全不一样。

当地人不吃这个，后来我们去打苦槠子，做苦槠豆腐时，有明，火才这些邻居的孩子们都跟着一起劳动，一起分享，乐此不疲。

做苦槠豆腐成了我们家招待远方客人的很受欢迎的项目之一。每个公社都有下放干部，到了秋天，风清气爽时节，大家会串串门，莲花大队的易老师一家，严家村的老杨，油墩街公社上海知青小林阿姨每年都会来，还有鸦鹊湖农场的老曾等等，叔叔、舅舅和舅妈也来看过我们。我们总是盼望着这种充满亲情的相聚。除了本公社的几位，外地来的都要住上几天，尤其是远道而来的叔叔、舅舅他们，一住就是十来天，几十天，他们最喜欢捕鱼和做苦槠豆腐。舅舅是学生物学的，最欢喜这些亲近大自然的活动，每天会带着我们去野外辨认花草树木，讲它们的科属和功能。这些知识我几乎全忘了，只记得他带着我和哥哥去大港边看捕大鱼，和我们全家一起打苦槠，做栗子豆腐的情景。

  直到现在，每当我回到南方，不论何地，只要看见高大的苦槠树，思绪就会立刻回到那个年代，那个和美的家庭，那个快乐的童年，那个美丽的地方。

古　樟

鄱阳湖平原植被繁盛，到处都被绿色植物覆盖。庄前村后，大路两旁都是樟树、枫树、柘树、苦楝树、竹子、苦槠树等等很多种类的乔木，居家房前屋后，则是桃树、柳树、桑树、瘴麻、葵花等等经济类树种，低丘山冈上则是桐树、木子树、杨梅、马尾松和杜鹃等各种灌木、藤蔓，每块土地都被植物覆盖，鸟语花香，像个大花园。这里最引人注目的是樟树，尤其是巨大而古老的大樟树。游沭塘村有很多树种，最多的还是樟树。村后的大片林子中，有一半以上是樟树，每家每户的菜园边，水塘边也都生长着大小不一的樟树。每当秋冬季节来临，其他的树，大部分都凋零了，剩下的只有枝干，此时的樟树，显出了英雄本色，它四季常青，傲然挺立，卓尔不群。

在鄱阳湖平原，几乎每个自然村落都有一两棵老樟树，就像一个图腾，根植于人们的心中。游沐塘村四边都有几棵粗大的樟树，像是壮汉护卫着这个村庄，也迎接着进村的人们。这些树足够粗壮威猛，但在人们的心目中的分量仍然不够，因为它们不够老，不够沧桑，见的世面还不够，经历的风雨还不够，还不是人们心目中能代表这个村庄的那一两棵树。村里有一棵老樟树，在村中祠堂靠西一点的大路边。这棵樟树很古老，枝干苍劲，华荫盖地，几人合抱。它担负起了"图腾"的作用。

在这棵树下，村长经常召集各生产队长开会，布置生产生活大事。也常常看见一些有身份的老人围坐在树下，议论村里的大事小情，乡规民约之类，也是人们解决邻里纠纷的地方。这棵树给人一种庄严感，散发着一种严肃的气氛。

在游沐塘几年时间，我看到村里斗过两次地主，两次都是在这棵树下进行的。斗地主时全村人都到场，地主被民兵压到大树下，戴上用纸糊的高帽，胸前挂一个用纸板做的牌子，上面写着XXX，用红墨水打个大X。主持者念了一段毛主席语录，大家高唱《大海航行靠舵手》，然后拉着地主游街。几个民兵压着地主绕村转一遍，村干部跟着，一群小孩则在后面跟着起哄看热闹。回到大树下，大家再喝一遍《大海航行靠舵手》，斗地主结束。

还有一些事可能是自古就有的，大樟树无数次见证过。有天课间休息，有同学喊着叫大家去大樟树那边看热闹，我们十几个同学往大樟树跑，远远地看到树下围了许多人，男女老少都有。挤进去一看，原来有一男人和一女人赤裸着被绑在大樟树上，低头不语。观看的人既不作声，也不离开，静静地看着。我不知道为什么会这样，只知道他们正受古老树规的处罚，被示众三天。第一天围观的人很多，第二天第三天没有人驻足，只当没有这人似的从路边走过。类似的偷鸡摸狗被处罚的事，都以这种方式在这棵树下进行。

樟树枝繁叶茂，粗大苍劲，华盖硕大，四季常青，也是美好和吉祥的象征。许多村庄的村口都生长着几棵巨大的古樟，蕴含着这个村落历史久远，传统深厚，子孙发达的寓意。五房村有个中医世家，在这一带行医开诊已有好几代了，母亲经常带我去老中医家,她去请教中医方面的知识。老中医鹤发童颜,长须飘然,一身灰布长袍,有古人之风。每次去拜访,他都要让座让茶,谈医谈病,之后,都要带我们站在他大宅台阶上,讲述他宅子前面几棵古老的樟树,讲它们的前世今生。意犹未尽之时,还要走到大樟树下,爱惜地拍拍树干,望望树冠,口中轻轻念道:荫及子孙,荫及子孙。我回来问母亲,老中医为什么要念道,母亲说,老中医希望他的事业像大树一样枝叶繁茂,像树荫一样庇护后人,给后人带来福气。古老常青的樟树,确实给人们带来希望和梦想。

  每个人都梦想自己能像古樟一样,成为一棵巨大的永恒的常青的造福子孙后代的参天大树。

榨 油 房

农耕文明最基本的活动是耕种,一个村子里百分之九十以上的人口一年四季为耕种操劳,很少外出。农村确实有一辈子都没出过村的人,村里也很难见到外乡人,因为大家都被农活儿拴在土地上。一个自然村基本上是同一姓氏,同一族群,外人也很难在其中立足。游沐塘除了村口两户姓叶的,其他全都姓计。当然,耕种也不是生活的全部,村里偶尔也有外乡人来,他们多半是手艺人,如浙江的弹棉花师父,福建的工匠,听说他们那边田地很少,只能靠手艺维生。另外还有理发师、小货郎、算命的和要饭的。

榨油师傅是高级紧缺人才,到了榨油季节,村村都会抢着聘请他们。

游沐塘榨油房在塘坝头北边向东的一条小路深处,站在塘坝头是看不见的，但时常能听见铁锤撞击的声音，那是正在榨油的声音。小孩子听到这种铿锵有力的声音，就会不自禁地沿着小土路寻到榨油房，看榨油工们光着膀子，挥动着有力的长臂，把吊在空中的榨锤撞向榨油机的锲子上。

在游沐塘人们日常吃的多是芝麻油和菜籽油，如豆油、茶油很少，要去大港边黑市才能买到。三四月，游沐塘周边的旱地里，开满了油菜花，金黄色，一片连着一片，与村边的桃花和冈上的映山红一起，构成了一幅美丽的田园诗画。这个时节，我们总是到塘坝头和严家村中间一大片油菜花田边，看养蜂人放蜂采蜜。这一带有很多专门养蜂采蜜的人，年年来，大家都认识。看见我们，他们有时会用手指沾一指刚摇出来的蜜给我们吃，鲜甜鲜甜的。待到养蜂人走了，油菜就要成熟了。油菜成熟时，它的长角就会开裂，看得见里一排紫黑色的油菜籽，就是用它来榨油。

榨油房很大，最醒目的是一个硕大的榨油机和悬空在屋梁上的一大一小两个榨油锤。榨油机是一根五米多长，直径一米左右的原木，中间凿出一个长两米，宽四十公分左右的油槽。榨油锤前端有个大圆铁块，钳在木头上。是长五米的长粗木。榨油房还有两个大灶台，一个碾盘，一个脚踏捣碎舂。

  传统的榨油是一项技术活，游沭塘榨油时要从外乡请几个专业技工，所以每次去榨房都有很多生面孔。榨油的第一步是要将已晾晒过的油菜籽放入灶台大锅里炒干，炒到香而不焦。这个师傅最重要，要把握好火候，这个工序直接关系到油的品质。第二步是将炒好的菜籽倒入石碾中碾碎。牛拉着碾子要碾一个小时左右。第三步是将碾成的粉倒入木甑，放上另一锅蒸两分钟，将生粉蒸成熟粉。第四步将熟粉倒入一个垫有稻草的圆形铁箍中，用草包好踩实，再去掉铁箍，熟粉已经被压成了一个胚饼。胚饼的大小一样，与榨油机的榨槽大小匹配，刚好能放进去。第五步，将几十个胚饼装入榨槽里，再在榨槽右侧装上坚硬的木块和木楔。这就可以开榨了。榨油是个激动人心的过程，领头师傅喊着号子，几个执锤人协力同心撞击木楔，锤声伴着号子声，肌肉有韵律地运动着，几个榨油人像是舞者，又像是歌者，有节奏地舞动着，激情飞扬。随着油锤的打击，油也从油槽下流出，两个小时左右，油基本榨干。最后，取出榨干的胚饼，这时已成了枯饼。刚取出的枯饼还是热的，大家会掰一块下来吃，很香。

　　孩子们最喜欢看激情的榨油过程，当然，有时菜籽油的香味也会把我们钩到榨油房去，苦等几个小时就为了吃一口香香的热枯饼。农民们经常用枯饼犒赏劳作了一天的牛。

油 墩 街

油墩街是公社所在地，那里有整个公社唯一的卫生院，唯一的中学，唯一的邮政所，唯一的餐馆，唯一的供销社，唯一的照相馆等等。许多唯一，我最感兴趣的是照相馆，那是父亲一手创办的。

父亲是个摄影爱好者，喜欢摆弄相机，拍照是他业务爱好。公社主任建议他在油墩街为公社开办一个照相馆，同时培养两名照相人才，以便长期为广大贫下中农服务。公社给了三间房和一笔经费，很快，照相馆就在公社机关院内开张了，一个照相间，一个暗房，一个开票等候室。第一年父亲很多时间都在这个照相馆里度过，因为照相洗相都是他一个人，两个徒弟还在学习阶段，只能开开票，一旁看着怎么照相以及显影和定影。

放了暑假，哥哥有时带着我去照相馆玩，哥哥在下放前就跟父亲学过暗房技术，他的显影定影水平很高，父亲常让他帮忙。我也喜欢在暗房里泡着，尤其是在显影池边看着人的影像慢慢出现，觉得很有趣。当然，我泡在那有点碍手碍脚，有时哥哥也会把我推到一边，以免影响他工作。有一次，百无聊赖，我把暗室的灯打开又关上，恶作剧，哥哥狠狠地训了我一顿。父亲看了片后，问哥哥怎么回事，哥哥说我拉了一下灯，从此我就被禁止进入暗房，惩罚了一段时间后，我软磨硬泡非要去暗房，父亲觉得把我放在照相室更捣乱，不如放在暗房还安静点，就把电灯开关扎起来放到我够不着的地方，让我保证不捣乱，才允许我在暗房待着。时间长了，哥哥自然也教我些暗房技术，怎样显影，怎样定影。后来我自己照的很多照片都是自己在暗房完成的。

那时照相馆生意很好，有许多公社还没有照相馆，四里八乡有条件照一张相的人家都来照个全家福。人们像过节一样，全家老小穿着最体面的衣服，从很远的地方来到油墩街照一张由城里来的"师傅"照的全家福。许多家庭是第一次照全家福，许多人甚至照相都是第一次，所以父亲特别认真，对哥哥要求也很严格，对于全家福这样的照片，父亲一般都亲自到暗房操作。一张全家福镶进相框，挂在家里最显眼的地方，对偏远农村家庭而言，是种多大的精神享受，马虎不得。

我最喜欢油墩街的集市，集市类似赶集，正式名称叫物资交流会，每年好像只有那么一两次，每一次都在离公社卫生院不远的一块大空地举办，我觉得几乎全公社的人都来了。各种货物琳琅满目，每次全家都要去。父母、奶奶带着我们仨兄弟，弟弟坐在自行车上，由哥哥推着，我已习惯挥着一根竹鞭在前面开路。每次家人都是为了赶个热闹，并不多买东西，买的无非是蚊香、木盆、苍蝇拍之类，在我的要求下，还专门为我买了一根小扁担，因为哥哥不在家时，我要每天挑水。有一次我看中了一个烟斗想要，被母亲拒绝了，我说几个小伙伴都有，母亲说不许向他们学，他们这么小就抽烟对身体有害。后来和火才、有明打木子到油墩街收购站换了二块多钱，偷偷地买了一根烟斗和一点烟丝。我们三人常躲到塘坝头北边的小矮丘树林里吸烟斗。我一直觉得烟没什么味儿，还呛得很，但自己觉得很像大人。赶集还有一两件让我向往的事，就是全家要顺便去照相馆照相，另外油墩街油坊炸的麻花很香很脆，母亲知道三兄弟馋，每次都会买一两斤。

有一年我患了急性肝炎，父亲每天都要带我到油墩街卫生院打一种特别的针。由于体虚，我连自行车都坐不住，父亲只能每天背着我去打针。他每次都汗流浃背，中途要休息好几次，我知道他累，但我确实无法自己走。母亲看我脸色蜡黄，用她自己的血给我输了400毫升，母亲跟我说，输完血嘴唇就红了。其实她那时身体已经不太好了。父母的养育之恩，让我难忘。

哥哥到油墩街中学上初中之后，要住校，每个月只能回来一次，我去油墩街的机会就多了起来。母亲每过两周，到了星期日，如果病人少，不出诊，就会带着我、火才、有明和家里的土狗，给哥哥送一玻璃罐梅干菜烧肉，或是酒糟鱼，这两种菜放的时间长一些，尤其是酒糟鱼，是鄱阳湖一带农村人们喜欢的佳肴，放的时间也长，不会坏。我觉得母亲更想去看看哥哥，每次我们都会在一起待上几乎一整天，一起在学校散步，看看哥哥的同学、教室和宿舍，一起到公社唯一的餐馆吃顿饭，然后到附近田野里走走，母亲和哥哥走在前面聊着，我和火才他们在后面不安分地跟着，一会儿打打草，一会儿追追蜻蜓，一会儿扑扑蝴蝶，到了下午四点左右，母亲才会在千叮咛万嘱咐之后，带着我们回去。

看 电 影

看电影是个稀罕事，在游述塘我总共看过三场电影，一场在油墩街，一场在西湖村，一场在游述塘，都是露天电影。

在油墩街看的是《智取威虎山》。听说要去看电影，全村年轻人高兴了好几天，到了放电影那天，村里的年轻人都去了，看了什么似乎不重要，主要是来回的路上，大家热热闹闹赛着跑，打着架。从游述塘到油墩街，中途要经过一片坟地、严家村和一片树林，还有一大片农民自留地。记得那是个红薯成熟的日子，回来时，小伙子们趁着夜色，到严家村农民自留地里挖了不少红薯，在路边水塘里洗洗，高兴地边吃边走，走到那片坟地时，突然从坟地站出几个鬼影，白脸黑衣大叫把你们拖进坟里。我吓得鸡皮疙瘩都起来了，一只咬了几口的红薯丢到地上，跟着哥哥他们没命地往村里跑，我们几个小的跑在最后，后面的白脸鬼还在大声叫喊着，我们更是玩命跑，跑到塘坝头，白脸鬼并没有追上来，大家都停了下来，点了点人，发现火才的哥哥等几个没来，大家着急地等了一会儿还没来，我们又摸着黑往回走，快到坟地，听见远处有人打骂声，再走近，看见一群人打成一团，火才哥哥就在其中，看见我们过来，火才哥哥叫我们加入战斗，一会儿有几个人就往严家村跑了，火才哥得意地说，跑的几个是严家村人，经常脸上贴着白纸，在坟地吓唬路人，尤其是偷挖他们红薯的人。

在西湖村看的是《海港》，电影没看多久，我们几个小的就耐不住性子，不想看，想到西湖村溜达一下。我们来到一家后院，听见有几只鸭子在低声吃食，于是决定把它们赶出笼子，捉到别的地方放掉。我们五个人一人抓着一只鸭子，往村外田埂走，走了很远，放下鸭子。鸭子们"嘎嘎"地在夜晚的田埂上无助地叫开了，听见这声音，我们窃喜。忽然一个汉子拿着扁担，一扫，就把走在前头的有明打倒在水田里，我们后面几个还没反应过来，又是一扁担扫来，我们几个都掉到了水田里,我们爬起来四散逃跑,只听身后有明被那人用扁担打的"呦呦"直叫。我们直接跑回了游沐塘。人家告到家里,我被臭骂了一顿,有明被他爹用扁担打得好几天没出门,火才似乎没事,第二天一早还到巷口朝我们家张望,看我是否挨揍了。

《地雷战》是在游沐塘的晒谷场上看的,因为在本村,各家父母带着孩子看,我们都没有滋事的机会,老老实实看完了电影。看完电影出现了新的问题,我们几个对造地雷产生了兴趣,于是决定自己造地雷。先造外壳,到塘坝头外小山上挖粘土,捏成一个地雷状,表面还画上纵横的经纬纹,很像真地雷,只是鄱阳湖地区是红壤,造出来的壳是红色的。然后从中间像切西瓜一样切成两半,再像挖西瓜瓤一样挖去中间的泥,再把两半空心壳黏在一起,上方钻一个孔,准备放火药。这个空心地雷晒上几天干燥坚硬后,我们把采草药赚的钱买了几挂爆竹,把爆竹中的火药倒入空心地雷中,放上引线,封死小口,一个地雷就做好了。第一次实验我们自己亲手制造的地雷那天,为了不炸到村里的人和物,最大程度地避免损失，我们几个紧张地用篮子提着地雷到塘坝头外很远的丘陵边，挖了一个洞，把地雷埋了进去，露出引线在地面。谁是点火人为成了问题，都不敢点，最后锤子、剪刀、布，老天！让我成了点火人。这几个家伙躲到远远的土坎后，我战战兢兢地划着火柴，仿佛火柴一着地雷就会爆炸，扔了火柴就跑，这样浪费了好几根火柴，那几个家伙闷在土坎后也没敢抬头，随时准备听着爆炸声，然后就是我惨叫一声，炸掉了一条腿什么的。我镇定下来，点着了引线，狂跑到地坎后，等待了好几分钟，没听见声音，又等了几分钟，还是没有声音，又不敢去查看，只好又等了将近半小时，我们才去看。地面上的土鼓了起来，我们挖开土，红色地雷确实炸了，仅仅是把自身的土壳炸开了，既没声音，也没威力，我们几个沮丧死了。第一次就这样以失败告终。后来又实验了几个，我们增加了火药量，调整了埋藏深度，直到有一个炸开的土块把有明的脑袋碰出一个大包，我们认为成功了，再也没有造过地雷了，因为要买火药就要买爆竹，要买爆竹就要卖草药，要卖草药就要采草药，要采草药就要花很多时间，要花很多时间就没有时间玩别的……现在想来挺有意思，如果当年看的是《地道战》，估计村里的土坎和山丘下会多出不少地道和土洞。

收 音 机

当年在周边几个村庄,似乎只有我们家有收音机,所以收音机就成了各种场面上必须出场的角色。而我作为收音机的监护人,也理所当然在场。

村里开大会,得先让收音机播一阵子,不管什么节目,村长让我不停地调台,直到碰到他满意的节目。用得最多的是村民结婚,每家结婚都要来借收音机,同时也会带来一份礼品,一小篮子米粑,讲究的还要送上一斤在油墩街才能买到的点心,主要是饼干和麻花,油很多也很香脆。

每次都是我去陪着收音机参加婚礼。一大早就要把收音机跨在胸前,坐上来接收音机的独轮车,去新郎家,然后跟着迎亲的队伍去接新娘。迎亲队伍的规模看新郎家的经济状况,少的只有十来人,多的则有四五十人,还有唢呐队和红红绿绿的几面彩旗。如果是十来人的短队伍,我则要走在最前面,挂着收音机,节目一般调到革命现代京剧,很热闹很喜庆。如果是大队伍,我则走在唢呐队的后面,根本听不见收音机的声音,单调的唢呐旋律声音很大很吵。我的耳朵很受刺激。新郎的父亲一般就跟在我的身边,一直要求把声音调大一点。接新娘多半用独轮车,乡间的道路很窄,独轮车最实用,而且家家都有。有一次,有家人想搞点创新,把我们家的自行车借去接新娘,结果由于推自行车的技术不娴熟,把新娘摔到了田里,一屁股都是污泥,新郎急中生智,拿了一块绸缎被面裹在新娘的屁股上,大家都乐得前仰后合。

回到新郎家,新郎新娘拜了堂以后干什么去了我不知道,因为这时我得带着收音机去摆酒席的土场上,收音机被放在一个所有的人都能看得见的最高的地方。我想大家肯定听不见收音机的声音,酒席太吵了,即使调到最大音量也无济于事。

那时婚宴很简单,每桌仅有几个家常菜,只有一样东西与平日不同——每人都有一串大肥肉,用筷子穿着,一共十块,这串肉可以当场吃也可以带回去。

收音机有时也能派上大用场。有一天晚上村长把村里所有的大人都召集到我家前面土场上，有明家的土场，以及我家的厅堂都挤满了人，根本站不下。我问母亲这么多人来干什么，母亲说今晚有重要广播，大家是来听收音机的。时间到了，收音机里准时播出了毛主席的讲话声音，他老人家声音高亢、节奏缓慢、抑扬顿挫，有浓重的湖南口音。大家都非常安静地听着，连咳嗽的声音都没有。广播播了很长的时间，听完了大家就散了。回到屋里，哥哥对母亲说，毛主席的口音太重，好多都没听懂。母亲是湘潭人，听到乡音自然亲切，她告诉哥哥毛主席讲了些什么。

第二天，大队的书记队长带领着各村的村长莅临我家，感谢我家的收音机传达了毛主席的重要指示，同时也希望父母讲解一下毛主席讲话的主要内容，他们没怎么听懂。父母热情地给他们倒上了水，大家围坐在毛主席画像下的八仙桌边，听母亲重温了毛主席昨天晚上的讲话。

自 行 车

　　自行车是家里最重要的运输和旅行工具。父亲去公社基本上都是骑自行车，同时也会带一些诸如酱油之类的东西回来。他还常常骑着车带母亲去比较远的村庄出诊。如果是大家去赶集，自行车就成了弟弟的专车，他坐在前面，后面放东西，父亲或哥哥推着。只要有机会，我就会偷偷地把自行车推出来，学着蹬三角，因为是偷学，没人扶，有一次连人带车冲进了水塘里，此后父母出门都把自行车锁上，我也再没机会学了，父母怕我学会了到处野，出危险。哥哥很早就会骑，所以经常推着自行车带着我和弟弟出去溜达。

　　有一天，我们去塘坝头抓知了回家，哥哥突发奇想，说要带我们俩骑回去，以往他只带弟弟一个人骑，我都是跟在后面跑，这回说要带俩，我很兴奋，可是我不会在他骑的时候跳上车。试了几次，我就是上不去。哥哥让弟弟先坐好，他自己也跨着前杠站好，扶稳了，让我在后面坐好，然后，他踏着车板猛一蹬，自行车左右摇摆着往前走，还算平衡。那时他才十岁，真不简单。到了村东头水井边，有个九十度拐弯，而且拐弯处是三块条石铺在水渠上的桥，很窄，搞不好会冲进水渠里。距桥还有十多米，哥哥就让我跳下来。我哪里敢跳，准备了几次也没敢跳下来，哥哥也没经验，他的双脚够不着地，怕冲进水渠，又怕急刹车三个人都摔下来，自行车强烈摇晃着拐过了桥，哥哥终于把不住车把，直接撞上了水井，三个人都狠狠地摔在了水井边的石头上，弟弟被甩了出来，摔在井栏边。撞击的那刻，哥哥没有让自行车倒向水井边，否则弟弟就可能摔出来掉进水井里——太悬了！

　　自行车带我去了很多地方。父亲骑着自行车带我去过鄱阳县城，去干了什么我不记得了，只记得县城里有一座塔，十分醒目，父亲说那是宋代的古塔，还有一种吃的，叫油条裹糍粑，用一根油条包裹着麻糍粑，撒上芝麻碎和白糖，很好吃，以前从来没吃过。还去过景德镇，原因很简单，奶奶想吃包心菜,这边没有,最近也要去景德镇买。景德镇有很多老的大砖屋,大石板巷,比游沭塘的大多了。昌江从景德镇流过,江水清澈见底,夏天江边上和江中间都是游泳纳凉的人,那架势有点像过节时的印度河边,人山人海。最神奇的是江底满是碎瓷片,天晴时从岸上看下去,熠熠闪光。我捞了很多碎瓷片上来,捞出来便扔了,现在回想甚是可惜,因为现在的说法是那时河底有很多前朝的碎片。

国庆节的时候,县里的剧团就会去鸦鹊湖农场和珠湖农场演戏,村里人都会扶老携幼去看戏,非常热闹。游沭塘离这两个农场不远也不近,没有大路可走,自行车就派上了用场,可以走一段坐一段。在鸦鹊湖看过《沙家浜》,在珠湖农场看的是什么不记得了,我最爱看那浩瀚的鄱阳湖,湖中茂密的芦苇和那一路水面无边无尽的荷叶,美不胜收。

自行车也常被借去用于婚礼和相亲。邻居家有个女孩,十一岁就去相亲了,她长得很好看,性格很文静,每次见到,她都是腼腆一笑。看着她坐着我家的自行车去相亲,我觉得是自行车的过错。她爸跟母亲说,她是指腹为婚,说好了十岁就过去，已经拖了一年。

可能是受惠于鄱阳湖的滋养，鄱阳湖平原的女孩皮肤都很细腻光滑，人也很健康，很漂亮。有几个上海知青被这里的女孩迷住了，经常来家里借自行车。父母知道，他们肯定是要在某个女孩面前，显示一下自己会骑自行车，都成全他们，可每次还回来，自行车不是这儿坏就是那儿坏。

如果没有自行车，母亲就无法带我们去玩，因为要带着弟弟一起走。母亲很爱花，春天带我们去采杜鹃，插在玻璃瓶中，放在八仙桌上和她的医药柜上，家里顿显生机，每隔几天我们就会去采一次。夏末初秋，她带着我们划着小船看荷花，采莲子。深秋的时候，母亲带我们去附近丘陵采一种小菊花，白瓣黄蕊的，可以晒干泡茶。每次我们采一大堆回来，晒上几天，然后给邻居家送一些，让他们泡着喝。和母亲在一起，总是我们最快乐的时光，她不但带着我们欣赏自然，认识花木，还常让我们坐在花丛中，听她唱歌，她嗓音甜美，即使唱歌时声音不大，我们都能感觉到山岗上田野里都飘着她的歌声。

弟弟学游泳，自行车可是帮了大忙。我和哥哥都是一岁半开始学游泳，那是在城里江边学的，据父亲说那时他用一根绳子绑在我们腰上，站在江里竹排上，把我们扔到水里，然后用绳子把我们拉回来，这样反复若干次后，自然就会游了。的确，我和哥哥的水性都很不错。弟弟一岁半了，到了学游泳的年龄，父亲也准备如法炮制，用拖绳法。母亲对这个小儿子特别疼爱，不让父亲这么干，父亲就抱着弟弟踩水到水塘深一些的地方，我和哥哥在他们两米开外的地方，然后让弟弟游过来。父亲第一次放手，把弟弟推过来，弟弟连呛了好几口水，抱着哥哥死活不松手，没有办法，我们只好回家。哄了几天，他也不就范。弟弟最喜欢坐自行车兜风，只要父亲和哥哥在家，他就要求坐自行车，还要满村转，高兴得不得了。父亲跟他说，坐自行车可以，但要学游泳，否则没自行车坐。弟弟接受了这个苛刻的条件，每天都去学十来分钟游泳，然后坚决要坐自行车，还要求哥哥和我跟着。父亲带着他骑着车在村前村后跑，我和哥哥则在后面跟着，假装追不上的样子，弟弟特别高兴。很快他就学会了游泳。

石 钟 山

"彭蠡之口有石钟山焉",北宋元丰七年六月丁丑,苏轼来了石钟山一趟,此山从此名声大噪。

有一年暑期去庐山,一大早,父亲、母亲、哥哥、弟弟和我,一家五口到油墩街,等鄱阳县到湖口的长途车,车上有没有座位要看运气,幸好车上的乘客还没满,有两个空位,母亲抱着弟弟和我坐下,父亲、哥哥则站着,一路上还上了不少人,大担小担,大包小包挤得满满的,还有人抱着小猪崽上车的,天气热,味道重,母亲和我都吐了。中午到了湖口,我们找了家餐馆,吃什么不记得,可能是因为吐了,没胃口,只记得一道酸辣汤很开胃。下午去九江的车时间还早,父亲建议去石钟山公园看看,我们几个孩子听说去公园都很高兴。石钟山不高,石头多,山上树也很多,很阴凉,亭台楼榭错落,我最爱山上那座塔。父亲带着我们，穿过山上小路，来到一个崖边。只见无边的鄱阳湖和滚滚的长江一清一浊在这石钟山下碰撞交汇，鄱阳湖清澈沉静，长江浑浊汹涌，伴着崖下不时传来的波浪拍打石头的声音，像一条青龙和一条黄龙在此且嬉且战，纠缠不已。那条清浊分界线清晰而绵长，妙不可言。我们长时间站在这里，看着，听着，没有一人说话，只有长江和鄱阳湖汇聚到石钟山下的潮声。

我们再次坐上客车，一会儿就到了渡口，那时从湖口到九江必须坐渡船。我们站在渡船上，从水面看着石钟山，父亲问我们"浪打石头的声音像不像钟声"，"不像，真不像，越听越不像"，我和哥哥坚持说，"那山上的塔像笋"我说，哥哥说山倒是有点像扣在水中的钟。父亲很无奈说，宋朝苏轼写过《石钟山记》，要晚上乘小船到山下听就像。我第一次知道鄱阳湖口有个山叫石钟山。远远看去，那座塔显得更有意境。我更关心清浊分明的鄱阳湖和长江的界线，渡船从清清的鄱阳湖进入浑浊的长江时，我做好心理准备船会颠簸，可是什么都没有发生，我有点失望。

从庐山回游沐塘,我们再次来到石钟山,从九江到湖口已是下午,第二天一早才有车去油墩街,于是全家人就住在了石钟山旁边的一家旅馆。晚上,父亲不知从哪弄了一条小船,我们全家上船夜游石钟山。船夫是当地人,熟练地撑着小船绕着石钟山,父亲则给我们讲苏轼的《石钟山记》,什么"微风鼓浪,水石相搏,声如洪钟",什么"周景王之无射也","魏庄子之歌钟也","古之人不余欺也",我当时最感兴趣的是"又有若老人咳且笑于山谷中者,或曰此鹳鹤也"这一句。父亲还讲了郦道元、饶州、德兴尉、周景王、魏庄子等等,我基本上左耳进右耳出,因为我一直在竖着耳朵听"若老人咳且笑于山谷中者",一直也没听见,倒是有许多禽鸟的声音,不绝于耳。父亲学着苏轼的样子,在船上大声喊,看看是否有"噌吰如钟鼓不绝",长江水混着鄱阳湖水依然按原有的节奏拍打着黑夜中的石钟山,石罅中有时发出几声回响,那是最接近钟声的声音了,但我们一致认为那不像钟声,父亲又喊了几声,效果依然不佳。母亲说别喊了,静静地听一会儿吧。我们都安静下来,船夫也不撑船了,小舟摇摆着，夜，顿时寂静下来，水面渔火点点，天空星光灿烂。水击打着石罅发出嗡嗡的回响。多么难得的时光！忽然有老人干咳又笑的声音，一会儿又是同样的声音，声音并不大，在黑夜宁静中则格外清晰。我听见了，大家都听见了，父亲说，看来还真有"若老人咳且笑于山谷中者"，苏轼写得没错，只是我们没听见钟声罢了。

到了高中，我读了苏轼的《石钟山记》，也去过石钟山身临其境地体验过，仁者见仁，智者见智，东坡先生把他的体验传于后人，实则是将其精神境界传于后人。

中国古代圣贤之人无一不是把美化的世界告诉后人，而非真实的世界。画家最典型，他们所画山水画非山非水，表达的只是他们的精神世界。我们中国人追求精神境界，追求美好，追求善良，有时却忽视了真实。

庐 山

第一次上庐山很受罪,客车从九江出发,很快就开始上山,盘山公路左转右转,把人搞得头昏脑胀,加上客车的汽油味儿,没多大工夫就有人开始吐,到后来几乎半车人都是这样,我恨不得车赶快停下来,结果两个半小时才转到牯岭。下车后又是一阵狂吐,总算清干净了肠子。住进庐山大厦,第一件事就是睡觉,直到晚餐时,人才舒服了。牯岭街上人很少,很干净,路上的人个个文质彬彬。这里给人最大的感觉是凉快!

第二天去了仙人洞和花径。庐山有讲不尽的人文故事,可父亲讲的我什么也没记住,吸引我的是那巨大的山峰,深不见底的山涧,极目之处的长江,在头顶和脚下飘过的白云。一大朵云彩过来,带着一阵豪雨,随之又移向别的山头。云在山峰间穿行，雨则在游移中飘洒，巨大的瀑布在山涧峭壁上咆哮而下。花鸟蝴蝶则在身边的树林草丛中飞舞、鸣叫、盛开。庐山林木葱郁，到处飞瀑流泉，云霞明灭，时雨时雾时晴，引人入胜，一天下来竟不记得要看鄱阳湖的事。第二天一早，才想起问母亲，什么时候去看鄱阳湖，母亲说今天我们就去看鄱阳湖。

那时庐山观景完全靠徒步，这也正是旅行的魅力所在，一路上景致可以尽情地看，累了就歇歇，歇够了再走。为了早点看到鄱阳湖，我们直奔含鄱口。庐山真是好地方，一路青翠欲滴，白云浮在山腰，晨光洒在松树上泛着金红色的光泽。盛夏时节，在这里徒步倍觉清闲凉爽。含鄱口到了，石牌坊两边刻着"湖光"和"山色"，我问母亲鄱阳湖在哪，母亲说再往前到望鄱亭就可以看见了，我和哥哥急切地向望鄱亭跑。

鄱阳湖如诗一般展现在眼前，脚下松树抓着陡峭的石壁顽强地伸展着，松树向下延伸，直到消失在云雾之中。极目远眺，青色浩瀚的鄱阳湖与青色辽远的天空融为一体，几朵刚刚从山岗之中升起的白云在湖面上缓缓地移动着。

我贪婪地看了很长时间，不愿离开，母亲说，你看到的只是鄱阳湖的一小部分，要看更大的湖面，就要去更高的地方。我问那是哪，母亲说"去天上飞翔"。这让我想象的翅膀一下舒展开来。自己觉得像只大鹏，俯看着这山，这水，这白云。母亲看我发愣，说我们今天要去一个更高的山峰——五老峰。我顺着母亲指的方向，几座巨大石峰耸立在白云之上，正似展翅的鹍鹏。它的体量给我巨大的震撼。

离开含鄱口，我们沿着山路到五老峰。我们爬上险峻的五老峰，展现在眼前的，不是湖光山色，而是一片云海，一片真正的云海，就在眼前，静静的，似乎有无穷大无穷远，我们像是漫游在天上仙境。

母亲告诉我，这云海是鄱阳湖的湖水变的，这云海有多大，鄱阳湖就有多大。

我们去了三叠泉，去了秀峰寺，去了白鹿洞，去了陶渊明醉卧石边，等等等等，庐山有看不尽的美景，有写不完的风光，但庐山的云、雾、雨的确与鄱阳湖巨大的水气有关，如果庐山没有云，没有雾，没有雨，没有瀑布，它将是一座普通的山，就不会有陶渊明的"采菊东篱下，悠然见南山"，不会有李白的"飞流直下三千尺，疑是银河落九天"，不会有苏轼的"不识庐山真面止，只缘身在此山中"，不会有毛泽东的"暮色苍茫看劲松，乱云飞渡仍从容"等这样一些千古传唱，脍炙人口，充满哲理的诗句，也不会有司马迁，谢灵运，白居易，王安石，朱熹，康有为等人对这座山的无限眷恋。

鄱阳湖造就了庐山的风云变化，吸引了无数诗人、圣哲吟诵、歌唱。山、水、人一道，成就了这座伟大的山。

落　日

母亲常常会在傍晚时，带着我们几兄弟去塘坝头看日落。我们坐在高高的灌溉渠上，俯瞰整个暮色中的游沐塘村。太阳在地平线上徘徊，鄱阳湖平原的水气把天空染得通红一片，太阳慢慢地沉落，直到最后的红点消失。这时，红色的有层次的晚霞才显出它迷人的绚丽，缓缓地缓缓地变淡。水塘上泛起薄薄一层雾气，渐渐地整个村庄和村后树林在雾气的上升中变得朦胧。远处的村落和低丘在暮霭中也渐渐地与天地融为一体，形成一个个淡淡的幽幽岗丘。母亲喜欢看这鄱阳湖平原的落日，壮美绚丽而又宁静。

鄱阳湖的落日的确很美，有"渔舟唱晚，响穷彭蠡之滨"的浓烈，有"落霞与孤鹜齐飞，秋水共长天一色"的华丽，也有"山气日夕佳，飞鸟相与还"的平静和喜悦。

母亲对落日似乎有一种特殊的感情，她看日落时，神情是那样的专注,我觉得她在与太阳交谈,在与这个广袤的平原交流,也许是在倾诉内心的情感,也许是在感悟生命的价值。她的这种情愫也深深地感染了我们,我觉得太阳是我们家庭的一员,就像我们的亲人。

哥哥常带着我和弟弟在村口等待母亲出诊归来,每次都会等到日落之后才回家。记得有一年父亲陪母亲去上海治病,去了将近一个月的时间。从父母离开后的第二天起,我们每天都站在灌渠上,望着通往远方的路,望穿双眼,希望在落日的余晖中,看见父母回来的身影。我第一次在心里感到一丝害怕和孤独,太阳似乎也依依不舍地慢慢落下地平线。

有次陪母亲出诊,回来的路上,一轮残阳在蒙蒙的雾气中落下,母亲牵着我,在一个水塘边坐下,静静地看着田畴远方,橘色的太阳缓缓地西沉,芦苇随风摇曳,水面泛着白光。母亲问我:"太阳落下去怕吗?"我说怕,母亲说:"不要怕,太阳明天还会升起来。"我说我怕天黑,母亲说:"心里有太阳,天黑了也不会怕。"看着一脸茫然的我,母亲轻抚着我的头说:"长大了你就会明白了。"

明天还会再来,但今天将永远逝去!

月 夜

农村的夜是寂静的，那时没有电灯，为了节省煤油，人们早早地休息了，日出而作，日落而息，自然状态下的人就是这样。 有月光的夜上，情形则大不一样。大地没有一点灯火的夜晚，月亮显得格外的光亮，可以照出人影。

月夜，游沭塘的年轻人有很多游戏，十多岁像哥哥这样的男孩，会聚在一起比力量，游沭塘人叫"斗力"，一种是用扁担顶在两人的腹部，用力顶推对方，不能用手扶，看谁先胜出；一种是两人单手各握扁担一头，用力推对方，看谁能推动对手。有时两人旗鼓相当，常常会折断扁担。还有一种是举磨盘，家家都有石磨，有大有小，大家搬几个大小不同的石磨，看谁举的次数多，谁能举起更重的。并没什么奖励，可赢者觉得是个很大荣誉，大概竞争是人的天性。有时为输赢会打起来。村东头几个力大的会挑战村西头的，这样大家就会约在村中间的宗祠前斗力，很多人都会去观赛，宗祠前的小场地也就成了名利场，胜者会赢得大家的尊重，女孩的青睐，记工分时会计也会酌情多给点。

十岁以下的孩子多般是捉迷藏等游戏，女孩则在一起诵念当地流传下来的儿歌，我记得有一首开头两句"月光光，照四方"，中间有一段：

"莱无心，对把针，针无眼，对把伞，伞无沿，对把盐，盐不咸，对菜篮，菜篮漏，对黄豆，黄豆细，对只鸡……"

用当地话读，十分押韵。儿歌很长，很有意思，可惜都忘了。我最欢喜的游戏是抢军旗，叠罗汉。抢军旗是两队人在规定的范围内各自藏匿好本队的旗帜，然后在规定的时间内，哪队先找到对方的旗帜哪队就赢。在夜里寻找藏起来的旗帜的确不是件容易事，常常会有蛇之类的东西也藏在黑暗处，还有毒蚊子、蟾蜍之类的有毒动物等。如果参加的人多，范围就会扩大，参加的人数多达四五十人时，藏匿的范围扩大到全村任何地方。这时游戏变得十分有意思，谁是总指挥，如何排兵布阵，分工合作就显得十分重要。有经验的派往哪个区域，胆大的与胆小的编组等等，一切都为了尽快找到对方的军旗。小孩子们借着月光，在村里每个角落跑个遍翻个遍，常常能意外地在灌木丛中抓到野鸡，也常常碰到蛇。每个孩子手里都拿着根木棍，见到灌木草丛先乱打一通，有一次一只土狗大的动物窜了出来，吓得我和虎才坐在地上，它很快就消失在夜色中。哥哥说那是野狗。这个游戏很练胆量和勇气，也练孩子的指挥协调协作能力，男孩子都喜欢，特别是做总指挥。

叠罗汉也是十分有趣的游戏。叠罗汉是一个人趴在地上，然后第二个人趴到第一个人身上，这样不断往上叠，直到人塔倒下。两组人比，看哪组叠得人多。都是六七岁的孩子，个子矮，叠不到几个就倒下来，大家在倒下来的那一刹那找到了极大的快乐和满足。当然，比赛要求每个人都要做一次第一个趴在地上的人，这是个考验，我常被压得喘不过气来。整个罗汉塔的倒下往往也与最下面这个人有关，他耐压，则叠得高，他不耐压，动一动，一下就倒。这个游戏对孩子的抗压能力是个考验，尤其是心理抗压能力，因为多叠一个人，身体并不会有太大的伤害，但心理受不了。

这两个游戏是百玩不厌，一到有月亮的夜晚，孩子们会不约而同在土场上等着，一旦人数凑够，游戏立即开始，不断有人加入，十分热闹。

各家大人天热的时候，都搬个竹床在土场上坐着，看着孩子们嬉戏。母亲总想教大家唱歌，唱样板戏，但她的努力只在我们三兄弟身上有些效果，对其他孩子作用不大，倒是反过来，他们教会了母亲诵念她们的儿歌。

七夕和中秋节的夜晚是最有人气儿的。在城里的时候，不知有七夕这一说，到了游沐塘，才发现每年七夕之夜，青年男女成群结队到晒谷场，到家门前场圃上，到塘坝头，席地而坐，仰望天空，期待牛郎和织女星跨过浩瀚的银河相会。人们笃信他们一定会相会，这个夜晚，我们相邻几家的孩子都会守夜，有时大人也会来凑凑，困了就在竹床上睡一觉，醒来揉揉眼睛，继续仰望灿烂的星空和天上的银河。若是云飘来遮住了天空，大家就认定，这一刻牛郎和织女肯定在这时相会了。这正是中华民族对伟大爱情的向往和悲天怜地情怀的集体体验。

中秋节没有什么仪式,但很热闹,各家头三天就会去公社买很甜很硬的月饼,去荷塘里采莲蓬,摘荷叶,到了中秋夜,相邻几户晚上围坐在土场上,摆着月饼、莲蓬和荷叶包裹着蒸好的鱼和米粉肉,喝着米酒,谈论着这一年的收成和家事。大家原本就是一个姓——一家人。月光的清晖洒在大地上,人们在祖先的恩泽中团聚,享受天伦之乐。

飞 碟

记得是一个炎热的晚上,像往常一样,我们全家在土场上乘凉,父亲和母亲在聊天,我躺在竹床上看着满天星星,银河横空而卧,我和哥哥弟弟数着天上移动的人造卫星,听着大雁在天空飞过的叫声。东边的天空飘来一朵乌云,云中还闪着电,我一直盯着那孤独的一朵云,云的边缘一直闪着光。我一直在等待雷声到来,准备收起竹床回家屋,因为暴雨来的时候都会先电闪雷鸣。可是云中一直在闪光,就是没有雷声传来,哥哥说奇怪呀,怎么只闪电不打雷,父亲说闪电离得远,听不见雷声。我觉得光的颜色不对,我对母亲说,云的边缘的光怎么是红、黄、蓝三种颜色,我这一说,全家都抬头看,的确,一般闪电,云的边缘是黄色,而这没有雷声的闪光怎么是红黄蓝三色叠在一起,像是在云的边缘镶了一条三色彩带。我们看了很长时间，一直是三色彩带，只是有时蓝色会换成绿色。

大概有一个小时，乌云不闪光了，一道淡红色和淡绿色的光线一闪而过，似乎有东西从云中飞向南边晒谷场方向，"这是什么东西？"哥哥说，他拉着我说："我们去晒谷场看看。"我们沿着青石板路快步向晒谷场走去，走出小巷，眼前的场景把我们俩深深地震住了：一个降落伞形状和大小的发光体，就悬在黑暗的晒谷场上方！

这个悬浮物的形状和降落伞一模一样，但是个实心的，发出的光并不耀眼，像升到半空的月亮光，黄色的光照在地面也不特别亮。我和哥哥最先到晒谷场，陆续不断有大人小孩来到这里，大家都站在这个悬浮体下面，仰头看着它，它似乎在旋转，但一点声音都没有，十分安静，离地面也不高，只有几个人高。这时村治保主任，一个头发稀疏的中年人，拿着一根长竹竿，站在地上想捅这个悬浮体，他够不着，他又搬来一张八仙桌，站在桌上捅，依然够不着。悬浮体离晒谷场边堆放农具的屋子不远，他搬来梯子，拿着竹竿爬上屋顶，往悬浮体上捅，大家都觉得捅到了，可是当他捅出去时，悬浮体一下上升了几米，没有任何声音发出。治保主任终于放弃了，下到地面。这时悬浮体突然发出耀眼的光亮，它发出像毛毛雨般的光雾，光雾在悬浮体下方一个圆锥形的范围内往下流，光圆锥下的地面非常亮，有个明显的光圈。大家议论纷纷，不知这是何物，让哥哥去叫父亲来，说父亲有学问，也许知道。父母带着弟弟来了，父亲看了半天，也是摇头说没见过，不知道是什么东西。一个大胆的家伙走进了这个光雾里，在这个光雾柱里待了一会儿出来后大家问他怎么样，他说没有什么感觉，随后又有三个人进了光雾圈，又出来了，没有任何异常。正当人们在注视这些进出光雾圈的人时，有人喊有东西飞走了。大家抬头看，这个降落伞状的悬浮体还在呀，光雾圆锥也在呀，那人说你们再往上看，只见"降落伞"上方很高的地方有个暗黄色的圆形物，悬在空中，忽然一道淡红色和淡绿色光向村西方向一闪，那个圆形物消失得无影无踪。

　　这个悬在空中的"降落伞"和光雾，一直保持着大概的形状很长时间，慢慢地才暗淡下来，大概有一个小时，这些光雾才完全消失。

第二天晚上，有人说那个"降落伞"又出现在村西头，我和哥哥跑到村西石碾边，许多人都在，仰望天空，果然，一个暗黄的圆形悬浮物悬在高高的天空上，几乎暗得看不清，正当大家瞪着眼睛辨认时，一道淡红色光一闪，它飞向更西边，消失在深深的星空里。

这是我在游沭塘几年里最神奇的经历，此后我经常梦见天空中的那个悬浮体来到我身边，我有时会上去，这会见到许多人。

我想那就是飞碟，UFO吗？

荷 花

荷花是最美的花,也是鄱阳湖平原分布最广的花。每到夏季,荷花似乎一夜之间开满了水塘。游沭塘村周边大大小小的水塘很多,几乎所有水塘都有荷花。塘坝头东边这片水域的荷花尤为茂密,水塘里几乎看不见水,只有荷叶簇拥着荷花,随风摇曳。

母亲最爱荷花,每当荷花开放的季节,平时无暇休息的她,总要在傍晚抽出些时间,带着我们几个孩子到水塘边散步,或乘上小船慢慢悠悠地欣赏着那些娇艳欲滴的荷花。我和哥哥总是争先恐后摘几个大荷叶当帽子,母亲则蹲下来,摸摸荷花,十分地爱惜。

母亲从不摘荷花,也不许我们几个孩子摘荷花,只是让小船在荷塘的花海里徜徉。她总给我们讲荷花是多么的美,多么的纯洁,她会讲周敦颐,会给我们诵读《莲花赋》。

鸦鹊湖那边有一大片一望无际的荷花,一阵风吹过,荷叶与荷花次第摇过,柔美而又壮观。阳光明媚的日子,母亲会远足带我们来到这里,乘舟赏荷。那时她不到三十五岁,正是人生花朵怒放的年龄。母亲长着一头天然大波浪的黑发,一双大眼睛,洁白的牙齿,在这微风吹拂的荷塘里,风把她的头发吹得像荷叶一样左右飘摆,在落日逆光的映衬下,显得格外优雅美丽。

盛夏季节,孩子们总喜欢脱得精光,争先恐后地冲进荷塘,在荷丛中游泳踩水,摘荷花采莲蓬,每个人都想摘到那朵最美的荷花,每个人都想摘到那个最大的莲蓬。我游泳的水平不错,却不如其他孩子勇敢,因为荷叶柄和荷花柄上都有倒刺,冲进荷塘身上就会被那小刺弄得又痒又痛。我冲不到最前面,大家都心仪的花朵和莲蓬我总摘不到,只好捡漏儿,有时只有花苞等着我摘。现在想起来,真是糟蹋了这些花朵,有时为了摘到一朵美丽的荷花,即使要忍受那些小刺游到很远的地方,也心甘情愿。

摘完后我们几个孩子会光着身子,坐在一起高兴地剥莲子吃,感觉十分惬意和爽快。盛夏时节鄱阳湖平原闷热得无处躲藏,男孩子基本上全天都是光着身子,在水塘里待着,最好的去处就是荷叶下面泡着,凉爽些,暑假的大部分时间都是这样度过的。

泡在荷塘里并非无所事事,最喜欢的事是捉蜻蜓,蜻蜓特别喜欢停在荷花上。躲在荷叶下,看到一只蜻蜓落稳之后,突然扑上去。蜻蜓很警觉,它会快速飞开,让你扑个空,而后悬停在不远处,气死你。想捉住一只蜻蜓,要很长时间,有时半天也抓不到一只。有时蹲守了很久,来了一只蜻蜓,正要扑上去,一只青蛙不知从哪蹿上来,一口把蜻蜓吞了。这方面小孩子真不如一只青蛙。

莲蓬饱满之时,各家都会来摘莲蓬,多数是妇人带着女孩来或者成群女孩来。小男孩们最希望自己喜欢的女孩来采莲蓬。她们划着小船,或者是乘一种一人座的小木盆,似船非船,专门用于打猪草和采莲的。在荷塘里慢慢采着。看着她红扑扑的小脸,男孩子们都使坏地往她身上泼水,浇湿她的衣服，女孩子也会嬉笑地边拉着自己的衣服边还击，少男少女之间传递着一种朦胧的情感。

到了秋后，荷花没了，莲蓬也没了，荷叶也黄了，人们开始采藕了。采藕可不是我们这些小孩能干的，我试过顺着荷叶柄往下潜，在淤泥里摸到了藕，还没开始采，就屏不住气了，要赶快上来喘气。采藕能手都是潜水高手，下去很长时间可以不换气。新采上来的藕又白又嫩，大家在水塘里洗洗就吃，甜丝丝的。这个季节游沭塘村家家饭桌上都飘着藕香。

大 雁

游沭塘周边水塘、丘陵遍布,水田、旱地、荒草、灌木丛和树林、竹林环绕,白鹭、斑鸠、布谷鸟、小黄鹂、野鸡等多种飞禽很多,它们自由自在地成长着。

春季,学校下课时,我们这些贪玩的孩子会一窝蜂地冲出学校,跑向田埂,这时往往会惊起一群在水田里觅食的白鹭,少的时候有七八只,多的时候则有上千只,白白的一层,在绿野上悠扬地飞过,落到更远处的水田里。白鹭十分优雅,长长的腿,洁白的羽毛,它们飞落在树梢时的姿态,让人想起"玉树临风"这个词。

端午节前,布谷鸟一遍遍地叫着,我从未见过它的尊容。大家都知道,它这么一叫,端午节要来了。该采粽叶,浸泡糯米了。

我家门前土场上有棵桃树,有一天,哥哥一早去上学,发现有三只刚出生的小黄鹂在树枝上咿呀地叫着,他最喜欢小动物,马上捧回家里,用小盒子装着,切了些菜叶,放了碗水,让我照看着,等他上学回家再好好安排。小黄鹂贪婪地吃着菜叶,叫个不停。晚上哥哥回家,又给盒子里垫了草,添了饭菜,给小黄鹂洗了洗,那黄绿色的绒毛手感十分舒服。第二天一早起来,桃树上一只大黄鹂在不断叫着,寻找着什么。母亲说,一定是在找它的孩子,昨天拿回家的三只小黄鹂可能就是它的孩子。她让哥哥把小黄鹂拿回桃树上去,哥哥舍不得,但还是连盒子一起放到树杈上。见到三只小黄鹂,大黄鹂一下飞到盒子边和小黄鹂一起叽叽喳喳地叫了半天,共叙离别之情。可能是为了感谢哥哥,四只黄鹂一直就住在这个盒子里,奶奶和弟弟天天给它们喂食,三只小黄鹂长得很快,中秋的时候,就和它们的母亲个头差不多大了。

我们的居住地野鸡很多,在水塘里游泳玩耍时,常常看到野鸡从水塘这边的灌丛中一边叫着一边飞到那边的灌丛中。平时根本看不见它们在那里躲藏,只有飞起来的时候,才能一睹它漂亮修长的尾羽，让你目不转睛地跟着它。

最呆的是斑鸠，每天放学回来，总有一只斑鸠在房顶上落着，一动不动地"咕咕、咕咕"叫，很有节奏，声音很平稳，隔几分钟叫一次，你看着它，它无动于衷，假装驱赶它，它也不走，依然"咕咕"。我一直很纳闷它为什么要叫"姑姑"。

蝙蝠最神秘，傍晚才能见到。它们几百只在屋前土场上空嘈杂地盘旋，突然散开各自飞进屋檐下，消失得无影无踪。

我最心仪的是大雁。十几只甚至是几十只排成人字形，从高高的天空中飞过，像一队战士，整齐划一，姿态优美，发出悠扬的叫声。似乎天天如此。我一直认为大雁就是大雁，不是鸟类。像麻鹊、斑鸠这样的鸟，与大雁比，就是下三流。好的如白鹭和雉之类，与大雁也不在一个档次。大雁排云直上的英姿，回荡天空的声音和从容自信的节奏，让人心中产生一种优雅一种庄严和自信的感受。每当看见一排大雁远远地飞来，我都会凝望它们，向它们行注目礼，直到它们消失在天际。

我一直没弄明白，这些大雁从哪飞来，又飞到哪去。母亲告诉我，它们冬天从西伯利亚飞到鄱阳湖过冬，夏天又飞回西伯利亚。为此，还特意到油墩街去买了一张世界地图和中国地图。我们几兄弟经常对着地图，想象着大雁飞翔的路径，真想做一只大雁。

记得是一个冬天，春节前，我和哥哥，跟着村里一群人，去看大雁。从游沐塘出发经过将近一天的行走，来到了湖边，到达的时候，太阳已经偏西，正缓缓下沉，湖面一片红光，大雁、仙鹤鸣叫着，飞翔着，似乎在享受着落日的余晖。太阳完全落下后，只能看见天边暗红的光线，一颗明亮的星星在不高的天空格外醒目。寒风中，我们能听见大雁的叫声，能知道它的方向，可什么也看不见。我和哥哥与一些小伙子守在湖边过夜。

第二天一早，我们在迷迷糊糊中醒来时，太阳还没有出来，湖边没有一个人，大地依旧在沉睡之中。渐渐地，天朦朦亮湖水朦朦白。辽阔的鄱阳湖十分安静，没看见大雁，也没看见渔船，湖岸似乎和湖面一样开阔，有黄沙和枯草，远处有一头牛在低头吃草，但没看见放牛娃，有几条小船泊在湖边，我们一行人显得十分孤单。我问哥哥大雁在哪，哥哥说大雁在很远的湖中，太阳出来就看见了。

不知过了多久，有人说太阳出来了，我回头一看，太阳正从我们身后远远的湖岸缓坡上慢慢升起，大地忽然亮堂起来，湖面也白了，远处的景象清晰可见。远处白帆点点，离岸几百米的地方，有大片的大雁在湖中觅食。几只跃起，飞到别的地方，有时会有一两只大雁飞到离我们只有十几米的水面，东啄西啄。这时我们都会屏住呼吸，生怕它飞走。有的像鹅，有的像鹤，原以为大雁都是一个样子，这回才知道有很多种，只是游沭塘人把它们统称为"雁"。大雁群离得太远，加上湖水的反光，远处的大雁看不太清楚，要不是偶尔飞来几只，还真不知大雁长什么样。我们不愿离开，坐在岸边守着，等着奇迹发生。一会几个小伙撑着一条小船，向雁群划去。在他们的驱赶声中，雁群突然全部飞了起来。我的天啊，这么多，我感觉有几千只上万只大雁，遮云蔽日，在湖面上盘旋鸣叫，船上的小伙子用竹竿欢快地挥着，呼喊着。雁群有时向我们这个方向飞来，气势压人，我下意识地抓紧哥哥的衣袖，似乎大雁会飞下来把我带走。雁群在湖面盘旋一阵之后，又整体飞回湖面上，霎时安静下来。

小伙子们又驾着小船向雁群划去，我兴奋着等着雁群呼地一下飞起来的时刻。这次我看清了，大雁并非一下从水面飞起来，而是有一个用脚踏水，展翅滑行起来的过程，然后再一飞冲向天空，在天空盘旋着飞到更远的地方去了。

以前看大雁，都是躺在屋前的土场上，望着天上十几只大雁排阵飞过，这次大开眼界，在鄱阳湖广阔的水面上，一会儿成千上万只大雁在湖上鸣叫着，盘旋着，变换队形，井然有序，一会儿又安静地在湖中觅食，迈着优雅的步伐，互不干扰争抢。没有比这些大雁更冲击人的感观，更惹人喜爱的飞禽了。

那时，湖周边许多人会用火铳射杀大雁，使之成为人们的盘中餐。但愿这种事今天不再有。

腊 月

春节,对中国的农村而言,不是几天假期,而是一个过程,狭义地说,这个过程要持续腊月和正月两个月,从广义而言,农业社会,从开春到除夕,整整一年的辛勤劳作,都是为了迎接春天到来的这个节日,而腊月正是加班加点准备过节的日子。

作为鱼米之乡,在游沭塘过年,有许多事情,一个接一个。我印象最深的就是抽塘抓鱼,杀猪分肉,炸麻花和油豆腐,做麻糍和粑,吊酒会餐。

腊月是农闲季节,鄱阳湖平原寒风刺骨,可人们的心随着春节的临近而躁动起来。许多与春节相关的事要动起来。榨油房又要开始榨油了,每家可到油房领一斤刚榨出的油,同时还给每户分一篮子油豆腐和一篮子麻花。刚出锅的麻花真香，离榨油房几十米就能闻到。每当这时，我就会跟着母亲和哥哥去榨油房，看光膀子的人榨油，吃出锅的麻花，酥脆可口，母亲也说城里的麻花比这差远了。麻花是过年的零食，油豆腐则是菜。刚炸出锅也可作零食，很脆很香，但农妇们要把它放着慢慢吃。她们用酒糟把油豆腐泡起来，一直可以吃到立夏。

抽水塘是一个隆重的事情。冬季鄱阳湖是枯水期，水塘水位很低，到了腊月，每个村都会把属于本村的水塘抽干抓鱼，分给大家过年。一台抽水机抽干游沭塘村后水塘要用三天时间，到了第三天，全村男女老少都会穿着厚厚的棉衣，站在水塘边，等待水塘见底的那一刻，看着那些活蹦乱跳的鱼被一条条捉上来。水渐渐抽干时，鱼开始跳跃，岸上的小孩们也跟着高兴地蹦。村里选些精壮不怕冷的男子，挽起棉裤，赤脚趟进冰冷的泥里捉鱼。鱼很多，几乎铺满了水塘底，人们一箩筐一箩筐搬上来，抬到村中祠堂前的小广场上。水塘最底部有几个巨大的树根，是人们放在那让鱼栖息之用的。到了最后鱼抓得差不多时，所有人都会注视着那堆树根，因为最大的鱼就会藏在那里。几个壮汉此时只穿着短裤，打着赤膊，在无法抽干的最底部，围剿最大的鱼。一会儿一个汉子压住了一条大鱼，岸上的人们能看见鱼尾甩出水面，打在汉子的身上，污泥乱溅。几个人围上去，有的人抓鱼头，有的人抓鱼身，有的人抓鱼尾，一条大鱼三四个人才能抓牢它，抬上岸。十来个汉子忙活了好一阵子，抓上来十来条这种大鱼。这些鱼一个箩筐是装不下的。需要两个人把它绑了，像抬猪一样抬到村祠堂前。

祠堂前的鱼堆成了山，村长亲自主持分鱼，村里每家都能分到一小筐鱼。十几条大鱼最后分，切成段分给大家，每家都能分到一段。我们下放的第一年春节，为了表彰母亲这个赤脚医生对全村医疗卫生事业做出的贡献，村长提议，大家一致同意，决定把一条最大的鱼整条分给我们家。我们几个小孩激动不已。父母、哥哥和我，四个人怎么也无法把鱼弄回家，太大了，村里人站在边上直乐，村长让人帮忙把鱼绑上，抬到家里。这条鱼有多重我不知道，我记得母亲让我和鱼比了一下，它比我长得多。奶奶高兴得合不拢嘴。弟弟在站桶里也直跺脚。第二天，父亲亲自下厨，做了一大锅红烧鱼，给几户邻居每家送了一大碗，还请村长、生产队长和几户邻居的长辈喝了一顿大酒。剩下的鱼肉用酒糟浸泡了起来做成酒糟鱼，一直吃到来年五月份。

我见过的最大的鱼也是在鄱阳湖期间。有一天哥哥带着我去油墩街买东西，在离严家村不远的路上，很多人围着一辆拖拉机，我们过去一看，拖拉机拖斗里放着一条大鱼，鱼比拖拉机斗还长，不知从哪拉来的。村子里经常有关于大鱼的传说，但亲眼见到如此大的鱼也就这一次。

村里每年春节前都会吊酒，就是自酿谷酒。出酒那天也是村里的节日，村里每户户主会被邀请到晒谷场边上的一间大屋里，村干部们摆上肉和菜，打出新酿的谷酒招待大家，户主们一个个喝得酩酊大醉，都要被搀扶着回家。有吐的，有睡的，有喊的，有哭的，有闹的，全年的郁闷都在这一天发泄了。我最欢喜这一天的另一个节目，是用发酵后的酿完酒的酒渣喂牛，慰劳它们一年来的辛苦工作。人们把村里的牛都牵到晒谷场，把酒渣用箩筐抬到晒谷场洒在地上，一股股酒香味十分诱人，牛也特别爱吃这些酒渣。吃了一会儿后，有的牛就站不稳了，走起来东倒西歪，再过一会儿，几乎所有的牛都开始晕晕转，前一脚后一掌，东一步西一步，跪着，躺着，歪着，什么状态都有，太有意思了，一群醉牛，比人的醉态更有趣味。

除夕之前，各家各户都会把麻糍和糕粑做好。隔壁大屋地方大，我们这几户邻居都集中到他家舂麻糍，蒸糕粑。麻糍是把糯米蒸熟后，放进一个石臼里，几个壮汉用粗木不停地舂，直到把糯米舂得能粘住木棍而难以拔起。父亲试过一次，他根本就拔不起舂进糯米中的木棍。然后把它们做成大小不同的饼，放入凉水冷却成型，刚舂好还没做成饼的麻糍很好吃，香糯粘牙，孩子和大人们都会捏上几块吃，高兴地看别人牙被粘住的窘态。糕粑则是用粳米磨成浆，上甑蒸熟成糕，再把甑抬下灶，在糕上铺上干净布，大人们上甑把糕踩实，踩硬，为了提高效率，大人们常会背上小孩在上面踩，而我们，都希望成为那个被背的小孩。踩实踩硬之后，用大刀切成条块，春节之时把它们连同麻糍一起埋入水塘的污泥里，这样可以防腐防变。每天早晨，到水塘边取一块回来当早餐。水塘里放置的糕粑，煮熟后泛微红色，吃起来带点酸味。每家的糕粑在水塘边有固定的存放位置，很少有人去取别人家的糕粑。

整个腊月都在为这次豪迈的消费作准备。腊月二十九的下午，游沭塘村还有年夜饭前的最后一个项目是杀年猪。和分鱼一样，腊月里村里会集中在祠堂前杀一次猪，好几个盛着开水的大盆放在祠堂前，杀猪、退毛、开肠破肚、分肉一条龙都在这儿完成，每户都能分到肉和内脏。最有意思的一个程序是，一头猪破肚后，庖丁会从猪的某个地方割下很小一块肉，说这块是可以生吃的，最有营养，一般给一两岁的男孩吃，我没有资格享用，弟弟吃过一次，什么味道不知道，只看见他吃完后皱着眉头。每头猪剖开后，都会被切下一块好肉，当场切成片，放进支在旁边的一口沸水锅里，在场的每个人都可以获得一小碗肉片汤。在腊月寒冷的天气里，这碗鲜肉汤让人感觉格外香，格外暖。

春 节

除夕夜终于到了。春节是中国农业社会一年中最隆重的节日,除夕则是一年中最隆重的夜晚,是人们辛苦一年后犒赏自己的时刻,也是将一年的疲劳一扫而光的时刻,是农民们一年仅一次的豪迈消费的时刻。

除夕夜是这一年劳动成果的展示,一家人围在一起,用小水塘抽干后捉来的鱼,杀年猪分得的肉,村榨油房做的油豆腐,家养的鸡鸭等等,做出十来样菜,蒸一锅当年收获的新米饭,喝着村里刚酿出的谷酒,享受美食带来的快乐,憧憬来年风调雨顺的日子。

这一个晚上,人们希望把一年没来得及吃的东西全部补齐,即使是在七十年代,作为鱼米之乡的鄱阳湖平原的一个普通村庄,过年时,家家户户鸡鸭鱼肉酒是都有的,贫困家庭和五保户，过年也会得到集体和人们的关照。

晚上八九点钟，人们吃饱喝足了，邻居们开始互赠春节礼物。

有明的父亲，穿着一身很旧但很干净的军装，带着有志、有明和小土狗，送来一个大号的麻糍和两条糕粑，醉醺醺地又在我们家喝了一搪瓷缸谷酒，在那碗新添上来的鸡汤里洗了洗手，被有明有志搀扶而去。一会儿雨华的爸带着雨华，送来一条腊鱼，也是醉意朦胧，他端起那碗刚被有明爸洗过手的鸡汤咕咚咕咚喝了几大口，直说你家的鸡汤就是鲜。我们大家面面相觑，偷偷地乐。附近几家邻居们都送了节礼，都是麻糍、米粑、腊鱼、腊肉、糟鱼之类。母亲很细心，有一年她除了准备鱼肉之外，还给几家老人和妇女各准备了一双袜子，给小孩准备了手套。我们跟父母去送礼，他们收到袜子和手套十分高兴，有的老人其后几年都舍不得穿那双袜子。

子夜时分，最隆重的节目上演了。村里所有的人都赶到晒谷场，晒谷场上已堆放好了四堆金字塔状的粗大的晒干的竹子，每堆都有七八十根粗细差不多的竹子。到了子时，村长和四个生产队长开始点燃竹堆,他们拿着火把,先点着了东边的竹堆,竹堆开始燃烧起来,很快,火焰就照亮了晒谷场,照亮了田野,也照亮了人们的内心。接着竹子不断地发出爆裂声,在夜空中震荡,回响。火苗和燃烧的竹屑随着爆炸的气浪四处飞溅,有的直飞天空,有的旋转着射向四周。爆竹声音之响之脆,仿佛直接能震到人的心里,震动你的五脏六腑。四堆竹子按序被点燃,游沐塘的爆竹声与邻村的爆竹声一起响彻原野,好像整个世界都处在火光冲天之中,一股阳刚之气冲破黑夜迸发出来……

这是个欢乐的,喜气洋洋的,光明的节日。人们以这种方式迎接春天的到来。

带着爆竹的回响和烟尘,人们愉快地回到了各自的家中,要煮上新年的第一锅糍粑,贴上新的春联。奶奶把糍粑切成片煮好,放些白糖,一人一小碗,连粑带汤吃个精光。弟弟已经昏昏欲睡了,我和哥哥兴致勃勃地研墨铺红纸写春联,内容是父亲拟定的,好像每年都一样,上联是"井冈道路通天下",下联是"延安精神放光芒",横批是"毛主席万岁"。

父母为了鼓励孩子，让每人写一幅，谁写得好就贴谁的。哥哥和我写的父母都不满意，最后还是父亲写对联，母亲写横批。每年我和哥哥都知道，我们的字比父母差远了，肯定选不上，但我们很喜欢这种鼓励。父亲写得一手遒劲的颜体，而母亲自幼习的是褚遂良的字，端庄秀气。至今我的字也无法超越父母，当年太贪玩了，现在只能徒悲伤。

大年初一开始，孩子给每户长辈拜年，长辈则会给孩子赏一支纸烟。几天下来攒了不少烟，然后去塘坝头吞云吐雾一番。

孩子们最热衷的是踩高跷比赛。因为每个孩子都有一副高跷。这时大家都会拿出来，比谁的高跷精致，比谁踩得好。看谁踩着高跷跑得快，看谁能把对方从高跷上推下来。我只能看看热闹，根本没有实力和他们比。

有一年邻村来了个舞龙队，舞着一条黑龙，生龙活虎地在村里舞，后面还跟着他们村的许多年轻人。听说舞黑龙是来挑衅的，如果村里人不应战，就是服输，输的是什么，我也不知道。这可能与他们的历史渊源有关。那年村长组织了一群小伙子应战，在晒谷场，舞着一条黄龙，二龙翻飞交织，舞在一起，看得人眼花缭乱，不时有人喝彩，不时有人呐喊。舞完之后，有人抬来五个八仙桌摞在一起，很高。两村各出一人，同时爬上去，看谁先上到顶端，如果同时上到最高，就在最上面桌上打斗，看谁把对方打下来。这对登高者的要求很高，从最上面跳下来不伤着都不容易，何况还要推搡斗力。农村确实有高人，不断有人参与到这场竞争当中。从上午十点左右一直到中午饭时，胜负仍未分出，最后八仙桌加到第七个才分出胜负，游沐塘村的赢了，邻村的人偃旗息鼓，抬着黑龙就回去了。而游沐塘参与了"战斗"的人被奉为英雄，村长在晒谷场上摆了几桌酒犒赏他们，在村民们的围观和欢呼声中，大块吃肉，大碗喝酒，大声吆喝，豪气冲天。

春节就是这样纵情！

别　离

几年很快就过去了，林彪座机坠毁于蒙古国温都尔汗，邓小平从鄱阳湖西岸的南昌新建县回到北京，国家正经历着一场变化，这种变化也波及到我们这个家庭。父亲和母亲都接到了回城的通知，我们全家即将离开游沐塘，这个让我深深眷恋的小村庄。

那段时间家里非常忙碌，父亲带着哥哥忙着打包，母亲带着我去油墩街买了许多点心和糖果，她要分送给那些时常关心我们的乡亲邻里。每天人来人往络绎不绝，村里乡亲都知道我们要走了，依依不舍，有空就会来家里坐坐聊聊，抽支烟，吃个糖，说了许多温暖人心的话。

我同母亲去五房村与老中医告别。他依然鹤发童颜，长须飘然，身穿长袍，端坐在他祖上的带有天井的大屋里，见到母亲来，微微起身让座，说这几年母亲来了之后，来他这儿看病的人少多了，清闲了许多，他儿子原来跟他学中医，现在也让他学些西医，否则饭碗都丢了。母亲感谢他这些年的指教，并告诉他自己也在学针灸。老中医捋捋长须微笑道，中医也很精深，老祖宗的道法不能丢，要中西互通有无。他的言谈举止，还是那样典雅，让人肃然起敬。

母亲最后一次带着哥哥和我去看望五保户和贫困家庭，他们的情形并没有多大改变，那位我不忍回首的老人已经离开人世，那位有十一个孩子的母亲只剩下七个孩子。

父母带我去学校感谢老师。学校已经有两位老师，一个是东阳老师，一个是新来的水华老师。母亲让我给他们鞠躬敬礼，老师说我学习好，就是劳动课成绩差些，以后要努力。我都一一记在心里。

家里菜园里有很多当地没有的菜，像洋葱、大葱、芽白、西红柿，奶奶将这些都一一分送给邻居。菜园子交还村里，由生产队长代管。那小小的菜园是我每天都要去的地方，每天早晨第一件事就是去浇菜园，顺便带着家里的母鸡去菜园里啄菜虫。有一块菜地真是件愉快的事。

　　石磨、箩筐、扁担、锄头、挑水桶、渔网等等，都送给了邻居，在我的强烈要求下，父母同意把那根特意为我买的小扁担留了下来，我自己还偷偷地把我采药换钱买的烟斗留了下来。奶奶也硬是把一只她最喜欢的老母鸡带回了城。弟弟手里一直攥着个陀螺不放，每个人都有自己喜爱的东西要带。哥哥要带走八哥，父母坚决不同意，哥哥只好送给了他同学，可是八哥第二天又飞了回来，直到我们离开的那一天，八哥还在哥哥手里，后来怎样了我已记不清了。母亲看病用的医疗柜和小桌子留给了村里，出诊的医药箱也留给了村里，她自己留下她随身不离的听诊器作为纪念带回了城里。父亲照例又把那几箱书运回了城里。

　　这几年我和哥哥在房前屋后种了许多柳树和桃树，柳树长得很快，都长到屋檐那么高了。桃树则慢多了，只有一棵桃树那年开了花，大家说开桃花的第二年就会结桃。哥哥说我们要再住一年多好呀，就可以吃到自己种的桃子了。我和哥哥都很遗憾这件事，很多年后还在谈论那棵桃树。

那只小乌龟本想送给有明，奶奶说乌龟要放生。一个晴朗的中午，母亲带着哥哥弟弟和我到一个水草丰美的池塘边，不舍地把小乌龟放进池塘。小乌龟游回岸边，抬头看着我们，不肯走。这样反复了三次，哥哥说还是带回来吧，母亲说让它回到自然吧。我一直记得小乌龟看着我们的样子。

终于，别离的日子到了。吃完午饭，舅舅带来搬家的卡车就准备出发了。告别的人可以用人山人海来形容，村里的和一些外村的乡亲，都是围着母亲，每个人都要说上一句话，很多人都送上米粑、鸡蛋，短短的塘坝头，走了足足一下午，太阳都落山了，人们还是不肯离去，似乎有说不尽的话。母亲眼里噙满了泪水，这些年虽然辛苦而且积劳成疾，可是和大家结下了深厚的感情，哪个家庭哪个人有什么病痛，她了如指掌，临别时她还要给他们交代叮嘱一番。我和几个小伙伴趁着这个时间，还去抓了几只金金虫疯跑了一会儿，又爬到塘坝头的水渠上，戏耍了一阵。但离开总是那样伤感，即使我还是个孩子。母亲后来告诉我，直到南昌，那一路上我没说一句话。

天完全黑了下来，大家才依依不舍地挥手告别，有十几个人，一直送到油墩街，目送着汽车开上大路，开向远方。生活又要重新开始了！

别了，游沭塘，别了小伙伴，别了，那些时光。

后 记

母亲如果在世，今年应该是八十寿辰了。故去的人，过往的事，对家中后辈来说，只是一个遥远得无处寻觅的故事，这些文字原本是写给他们的，让他们了解祖辈父辈们曾经的生活，了解那个时代的情貌。

记忆是细碎的，满是孩童的天性与纯真，却是真实和真诚的。文字也同样简单直白，只想让记忆的泉水自由散漫流淌，汇聚成一方池塘，倒映出徘徊的天光云影，熙熙攘攘的生民和那个时代的气质。

因为朋友的鼓励，将这些笨拙的文字拿来与亲朋好友及有缘人分享，共同品味那个特殊年代的别样生活。

2015 年 7 月 15 日

图书在版编目（CIP）数据

我的游沭塘／吴乡著. —北京：新星出版社，2016.1
ISBN 978-7-5133-1949-2
Ⅰ.①我… Ⅱ.①吴… Ⅲ.①散文集-中国-当代 Ⅳ.①I267

中国版本图书馆CIP数据核字（2015）第259216号

我的游沭塘

吴乡 著

责任编辑：汪 欣
责任印制：韦 舰
封面设计：@broussaille私制

| **出版发行**：新星出版社 |
| **出 版 人**：谢 刚 |
| **社　　址**：北京市西城区车公庄大街丙3号楼　　100044 |
| **网　　址**：www.newstarpress.com |
| **电　　话**：010-88310888 |
| **传　　真**：010-65270449 |
| **法律顾问**：北京市大成律师事务所 |

读者服务：010-88310811　　service@newstarpress.com
邮购地址：北京市西城区车公庄大街丙3号楼　　100044

| 印　　刷：山东临沂新华印刷物流集团有限公司 |
| 开　　本：787mm×1092mm　　1/32 |
| 印　　张：6.625 |
| 字　　数：65千字 |
| 版　　次：2016年1月第一版　2016年1月第一次印刷 |
| 书　　号：ISBN 978-7-5133-1949-2 |
| 定　　价：35.00元 |

版权专有，侵权必究；如有质量问题，请与印刷厂联系调换。